전자슈터
김현준

전자슈티 김현준

소재웅 지음

SAHARA
BOOKS

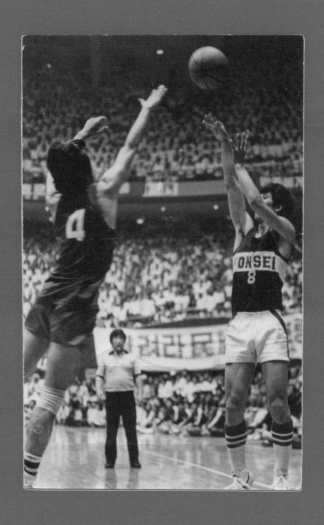

Recommendation
추천사

추천사 의뢰를 받고,

선수 시절 같이한 기억들이 하나하나 환하게 다가온다.

현준이 형은 승부사이면서도 따뜻한 심성을 가졌고,

가정적이었던 형이다.

게다가 항상 긍정적이고 유쾌한 성품의 소유자였다.

팀의 주장으로서 후배들과 거리감 없이 소통했고,

강한 책임감으로 위기의 상황에서도 팀을 잘 이끌던 리더였다.

한국 농구에 선수로서 많은 기여를 했지만, 살아있다면 한국 농구에

기여할 부분이 더 많을 것 같아 아쉽고 가슴 아프다…

짧은 삶을 살고 갔지만, 한국 농구와 선후배에게 끼친 영향은 대단했

고, 앞으로도 오랜 시간 한국 농구에 기억될 것이다.

〈전자슈터 김현준〉을 통해 많은 분들이 현준이형을 기억하는 계기를

갖길 바란다. 더불어 선수 시절 같이했던 현준이형을 기억하게 해준

소재웅 작가에게도 감사의 마음을 전한다.

김 진 前 대구 동양, 서울 SK, 창원 LG 감독

'전자슈터' 김현준의 전성시대를 함께 겪지 못한 내가 그의 위대함을 비로소 깨달았던 건 그가 고인이 된 지 한참 뒤, 내가 농구잡지의 편집장이 되고나서였다. 1980년대 농구대잔치 경기를 다시 보면서 몇 번이고 감탄했다. 하지만 그에 대해 더 감탄하게 된 건 '김현준'이라는 사람을 취재하면서였다. 스승부터 후배까지, '김현준'이라는 이름 세 글자를 떠올릴 때면 눈가에 이슬이 맺히고 목소리는 가늘어진 채 대화를 마쳤다. 그만큼 아직도 가슴을 뭉클하게 했던, 멋진 제자이자 후배, 그리고 스포츠맨이었던 것이다. 〈전자슈터 김현준〉을 읽으면서 취재 당시의 기억이 떠올랐다. 아마도 김현준이라는 스포츠맨을 기억하는 팬들이라면, 이 책은 최고의 스타이자 남자였던 그를 추억하게 될 좋은 타임머신 역할을 할 것 같다. 또한 그를 몰랐던 이들에게도 이 책을 추천하고 싶다. 대한민국 농구사(史)에 이런 대단한 남자가 있었다는 것을, 잠실실내체육관 한쪽에 걸린 영구결번 된 유니폼 10번의 주인공이 이런 사람이었다는 것을 말해주고 싶다.

손대범 점프볼 편집장, KBS 농구 해설위원

"꼬마야, 슛은 이렇게 쏴야 한단다…"

꼼꼼하게 슛 폼을 잡아주시며 엄하지만 자상하셨던 그 분의 목소리와 모습을 지금도 잊을 수가 없습니다. 한 명의 농구인으로 봤을 때뿐 아니라 '한 사람'으로서도 배울 점이 많았던, 또한 많이 닮고 싶었던 김현준 코치님… 지금도 그립습니다.

김현준 코치님의 전기 에세이가 나왔다고 하니 기쁜 마음이 큽니다. 〈전자슈터 김현준〉을 통해 더 많은 사람들이 김현준 코치님을 알게 되고 기억할 수 있었으면 하는 바램입니다.

주희정 고려대학교 농구부 코치

#1

난, 기어코 따뜻한 시선을 보내야 한다고 믿는 편이다. 이 '기어코'라는 말에는 '따뜻한 시선을 보내기 어려운 사람일지라도, 기어코 따뜻한 시선을 보내야 한다'라는 당위가 담겨 있다. 그러한 의미에서 '김현준'이란 존재는 '기어코'라는 말이 전혀 어울리지 않았다. 그는 사랑받는 후배였고 든든한 동료였으며 듬직한 선배였다. 게다가 존경받는 남편이자 아버지로 살아갔다. 그것도 모자라 '무엇 하나 나무랄 데 없는' 아들로 삶을 꾸려갔을 정도니… 사람들은 보통 '세상을 떠난 사람들'을 향해서는 어느 정도 관대해지는 경향이 있다. 그러나 이런 일반적인 원칙을 고려하더라도, '김현준'이란 존재를 향한 지인들의 평가는 단순히 '매너' 그 이상의 진실이 느껴졌다.

#2

충분히 사랑받았던, 분명히 훌륭했던 농구인 김현준 선수의 삶을 다시 바라보는 건 어떠한 의미가 있을까… 무언가에 끌리듯 이 작업을 시작했지만, 지구력 있게 이 작업을 유지하기 위해서는 내 안에 (강렬한) 동기가 필요했다. 정답을 찾는 건 그리 어렵지 않았다. 김현준이란 홀

륭한 농구인을, 그를 잘 모르는 사람들에게 소개하는 것. 1999년에 세상을 떠나 꽤 많은 사람들에겐 잊혀진 김현준의 존재를 다시 한 번 사람들에게 소개하는 것. 이 두 가지 굵직한 목표를 가지고 〈전자슈터 김현준〉 집필을 이어갔다. 사실 '전기 에세이'를 쓰며 가장 두려운 순간은 '전기의 주인공이 알고 보니 형편없는 인물이라는 사실을 발견했을 때'일 것이다. 다행히 김현준이라는 존재는, 좀 더 깊이 알아갈수록, 그를 둘러쌌던 지인들과의 인터뷰가 이어질수록, '아, 이 선수 참 훌륭했구나'라는 감탄을 계속해서 안겨주었다. (여기서 한 가지 분명히 짚고 넘어갈 게 있다. 난, '김현준'이란 선수에 대한 '용비어천가'를 쓸 생각이 조금도 없다는 점. 그를 향한 나의 찬사가 그를 향한 '용비어천가'처럼 들리지 않았으면 좋겠다.)

#3

난 스포츠 현장을 누비고 다니는 저널리스트가 아니다. 또한 그들이 치열한 스포츠 현장에서 얼마나 수고하며 애쓰고 있는지 잘 알고 있다. '그렇다면, 스포츠 저널리스트가 하면 될 이 작업을 왜 내가 한 것인가'라는 질문을 스스로에게 던질 수밖에 없었다. 난 좀 더 긴 호흡으로 김현준을 바라보고 싶었다. 매체 특성상 일간지나 주간지나 월간지는 호흡을 길게 가져가기엔 아무래도 한계가 있다. 매일, 매주, 매달 벌어지는 스포츠 경기를 따라가고 그것에 대한 면밀한 분석을 싣는 것만으로도 그들은 아주 바쁜 일상을 보낼 수밖에 없기 때문이다. 난 그들의 수고를 통해 쌓인 수많은 정보들을 토대로 '한 존재'에 대해 긴 호흡으로 집중해보고 싶었다. 그건 '기자'보다는 '전기 작가'가 좀 더 자연스럽게 할 수 있는 작업이라 여겼다. 1년이라는 호흡 속에서 4계절을 보내며 '김현준'이란 존재에 대한 취재와 생각을 익혀 갔다.

#4

'전기(傳記)'를 구성하는 방식의 정석이란 게 있다면 오직 하나, '전기 대상을 향한 건강한 애정'이라고 생각한다. 말 그대로 '건강한' 애정. 여기에 더해 나는 김현준이란 인물의 일대기를 그리기보단, 그의 삶을 상징할 수 있는 키워드를 중심으로 이야기를 풀어나가고 싶었다. 개인적인 생각으론, 수많은 정보들이 쏟아지고 있는 요즘 누군가의 일대기를 시간의 순서에 따라 나열하는 것은 '큰 의미'가 없다고 본다. 그보단 작가 소재웅이 '김현준'이란 존재를 장시간 들여다본 결과 얻게 된 몇 가지 포인트들을 편안하게 나누고 싶었다. 그리고 또 하나, 독자 입장에서 책을 펼친 순간 '아, 뭐야 왜 이렇게 지루해'라는 느낌보단, '아, 그 책 한 번 또 보고 싶네'라는 느낌을 주는 '경쾌한' 책을 만들고 싶었다. 참 거창한 목표였다.

#5

〈전자슈터 김현준〉의 내용을 채우고 사진을 배치할 때 신경 쓰였던 게 있다. 김현준이란 선수가 농구인으로 살아가며 관계 맺은 수많은 사람들의 이야기와 사진들을 모두 담을 순 없다는 사실이었다. 시대에 따라 인터뷰 대상자를 비슷한 수로 배치하는 식으로 인터뷰를 진행하진 않았기 때문에, 누군가에겐 '뭐야, 이 사람 사진이 왜 이렇게 없어', '뭐야, 이 때 이 내용은 들어갔어야지'라는 생각을 줄 수도 있을 거다. 그건 1년이란 시간이 주는 한계이기도 하고, 내가 처음부터 크게 고려하지 않은 부분이기도 하다. 애당초, 김현준이란 인물을 가장 객관적으로 재구성하는 것은 나의 목표가 아니었기 때문에 '기계적인 균형' 같은 건 이 책에서 찾아볼 수 없을 거다. 그럼에도 불구하고 누군가에게 이 책이 서운함이나 아쉬움을 준다면, "진심으로 죄송하다"는 말씀을 드리고 싶다.

#6

김현준의 묘비에는 '영원한 농구인 김현준'이란 문구가 적혀있다. 그는 농구를 사랑했고 농구에 몰입했고, 결국 '농구인'으로 인생을 마무리했다. 그러나 사실 '농구인 김현준'이란 말보다 더 어울리는 말은 '가족을 사랑했던 김현준'일 거다. 김현준은 가족을 사랑했다. 이 뻔한 소리를 하는 이유는, 가족을 향한 김현준의 사랑은 무척이나 뜨겁고 간절했기 때문이다. 사랑하는 아내와 딸 둘을 두고 세상을 떠났던 순간 김현준이 느꼈을 아픔을 난 가늠조차 할 수 없다. 다만, 나 역시 두 딸을 키우는 아빠로서, 아내를 사랑하는 남자로서, '그의 아픔'이 아프게 다가왔다. 그래서 이 책은 그 누구보다 '가족'을 위한 책이다. 한 가지

자부할 수 있는 건, 〈전자슈터 김현준〉 집필이 가족들에게 '조금의 불편함도 되지 않기 위해' 발버둥쳤다는 점이다. 그럼에도 불구하고 가족들에게 〈전자슈터 김현준〉이란 작업이 편하지만은 않았을 거다. 부디, 이 책이 가족들에게 '값진 위로'가 되고, '좋은 선물'이 되었으면 좋겠다. 더불어 천국에 계신 김현준 선수에게도 이 책이 '자신이 얼마나 훌륭한 농구인이었는지'를 확인하는 좋은 증거가 되었으면 좋겠다.

#7

삼성전자 농구단 전체에게 김현준의 (갑작스러운) 죽음은 큰 충격이었다. 그들은 여전히 김현준을 그리워한다. 김현준의 부재는 그들에게 허전함이고 아픔이다. 그들에게도 이 책이 좋은 위로가 되었으면 좋겠다. 또한 그들이 한국 농구에 가져다준 긍정적인 영향력에 대해서 자부심을 가졌으면 좋겠다. 〈전자슈터 김현준〉을 통해 그들 역시 자신들의 삶을 재발견했으면 좋겠다.

#8

난, 살아있더라도 기억되지 못한다면 그건 '죽은 삶'이나 다름없다고 생각한다. 반대로, 죽었더라도 '기억되고 있다면', 그건 '살아있는 것'과 다름없다고 본다. 〈전자슈터 김현준〉이라는 자그마한 책이 '김현준'이란 존재를 다시 기억하게 하고, 더 나아가 수많은 농구인들을 다시 기억하게 하는 통로가 되길… 간절히 소망한다.

Contents
차례

제10회 아시아경기대회 참가 대표선수단 결단식. 뒷줄 왼쪽에서 두 번째 선수가 바로 김현준.
'농구대통령' 허재(뒷줄 왼쪽에서 6번째), '숯도사' 이충희(뒷줄 왼쪽에서 8번째), '작은탱크'
최경희(앞줄 왼쪽에서 6번째) 등 남녀 레전드 선수들이 가득하다.

1989년 중국 베이징 ABC대회에 참석한 국가대표 선수들.
제일 오른쪽에 위치한 선수가 김현준.
어색하게 머리를 만지고 있는 한기범의 모습이 인상적이다.

1990년 중국 베이징 아시안게임에 참석한 국가대표 선수들. 뒷줄 오른쪽에서 두 번째 선수가 김현준. 특이하게 이 사진엔 배구인 진준택(뒷줄 오른쪽에서 첫 번째)이 함께 서있다. 당시 태릉선수촌에서 농구 선수들과 배구 선수들은 같은 층을 사용하며 친밀한 관계를 유지했다.

국제대회 출전 중 빨간 운동복으로 맞춰 입은 국가대표 선수들.
제일 오른쪽에 서있는 선수가 김현준이다.
중국 2부리그 NBL에 감독으로 진출해 리그를 평정한 강정수
(오른쪽에서 두 번째)의 국가대표 시절 모습이 인상적이다.

1987년 열린 '서울 국제초청 남녀농구대회'.
첫 경기였던 쿠웨이트와의 경기를 앞두고 벤치로 돌아가는 김현준.
유재학(오른쪽에서 세 번째)의 국가대표 시절 모습도 눈에 들어온다.

1990년 베이징 아시안게임을 대비하여 전지훈련을 하던 중,
여가 시간을 갖고 있는 국가대표 선수들.
멋지게 정장을 빼입은 국가대표 선수들 중 당시 대표팀 막내였던
'저승사자' 정재근(오른쪽에서 세 번째)의 앳된 모습이 인상적이다.

1987년 '서울 국제초청 남녀농구대회'에서 경기 전 몸을 풀고 있는 김현준.
김현준의 오른쪽에 있는 선수는 당시 팀 후배였던 김윤호다.

김현준의 오랜 팀동료이자 아끼는 동생이었던 김진(가운데 위치).
장난스러운 표정을 짓고 있는 고명화.

8~90년대 한국 농구의 대들보 역할을 했던 선수들.
지금은 고인이 된 이원우 선수(왼쪽에서 두 번째)가 그리워지는 사진이다.

국가대표 경기 중 선배 이문규(현 여자농구 국가대표팀 감독)와 담소를 나누고 있는 김현준.
이문규는 현역시절 삼성전자의 라이벌 현대전자 소속이었다.

국제대회에서도 김현준의 슛 감(感)은 타국 선수들을 깜짝 놀라게 하곤 했다.

01

마비

삶이 멈춰서다

2000년을 2달가량 남겨뒀던 어느 날,

농구인 한 명이 세상을 떠났다.
그는, 세상을 떠나기엔 너무 젊었다…

1999년 10월 2일,
인간 김현준의 삶은 멈췄다.

김현준을 사랑했던 사람들의 삶도 멈췄다.

모든 이들의 죽음이 그러한 건 아니다.
그가 사랑받는 사람이어서 그랬다.

한동안 삼성 농구단 전체가 큰 슬픔에 빠졌다.

누군가는 김현준을 억지로 잊으려 했다.
누군가는 그의 죽음에 책임감을 느끼기도 했다.

벼락같이 날아온 비보(悲報)를
저마다의 방식으로 소화하기 위해 애썼다.

"당시 제가 동양 오리온스에서 코치를 할 때, 그 해에 전지훈련을 제주도에서 했어요. 훈련을 하고 있는데 비보가 날아왔어요. 동양 오리온스 단장님이 저와 현준이 형의 관계를 아니까 저보고 빨리 올라가보라고 하더라고요. 바로 저 혼자 올라왔죠. 빈소에서 참 많이 울었던 것 같아요. 안타까워요. 그런 사람이 있어야 하는데… 노력도 참 많이 한 사람이거든요. 생각하면 항상 가슴이 아픈…그런 사람이에요. 천재가 너무 빨리 간 거 같아요."

_김 진 감독

김 진 감독

김현준보다 1년 늦게 삼성전자 농구단에 입단한 김 진. 그는 김현준과 함께 1995년에 선수생활을 마칠 때까지 삼성전자 농구단의 주축 선수로 활약했다. 당시로선 늦게 결혼한 편인(34살에 결혼) 김 진은 "현준이 형은 제가 결혼이 늦어지니까 그걸 항상 안타까워했다"며 "결혼도 사실 현준이 형을 통해서 하게 된 것"이라고 덧붙였다. 프로농구에서 우승을 경험한 몇 안 되는 감독 중 한 명인 김 진은 프로농구 2001-2002시즌, 당시 동양 오리온스를 이끌고 프로농구에 새바람을 일으키며 팀을 통합 우승으로 이끌었다. 그는 2017년 LG세이커스 감독직에서 내려온 뒤, 한국농구의 발전을 위해 '재능 기부'를 하며 곳곳을 누비고 있다. 김 진은 선배 김현준을 '항상 고마웠던 사람'으로 기억한다.

김현준의 삶은 재구성되기 시작했다.
그의 의지와는 상관없이 진행됐다.

그건, 죽음을 맞이한 자들이 겪어야 하는 필연적 절차다.

그를 사랑했던 사람들의 삶도 재구성되기 시작했다.
의지를 내야 했다.
누군가에겐, 고통이었다.

재구성은 여전히 미완성이다.

현준이가 살아 있었다면,
현준이 형이 살아 있었다면,
김현준 코치가 살아 있었다면…

돌이킬 수 없는 그 날 사건.
여전히 사람들은 가정(假定)한다.

"정말 어이없게도… 몸 풀고 있는데 매니저가 막 뛰어와서, 김동광 감독님께 무슨 말을 전하더라고요. 그 때가 오전 운동이 끝났을 때쯤이었어요. 김동광 감독님이 그러더라고요. '야… 현준이가 죽었대…' 그 날의 느낌이 지금도 생생해요. 만약 현준이 형이 그렇게 교통사고로 돌아가시지 않고 살아 있었다면… 제 인생도 다르게 흘러갔겠죠."

_문경은 감독

문경은 감독

'람보 슈터' 문경은은 대한민국 농구 역사에서 가장 많이 사랑받은 슈터 중 한 명이다. 김현준의 11년 후배인 그는 김현준의 중학교-고등학교-대학교-실업팀 후배일 정도로 김현준과 각별한 관계를 맺었다. 1990년대 초반에 불어온 농구대잔치의 폭발적 인기의 정점에 있던 그는 당시 활약한 대학 선수들 중에서 가장 먼저 프로농구 감독이 되었다. 감독 부임 첫 해 정규시즌 우승을 차지한 그는 마침내 2017-2018시즌에는 챔피언 결정전에서 우승을 차지하며 '감독 문경은'의 입지를 확실히 굳혔다. 그는 〈전자슈터 김현준〉 집필을 위해 필자가 만난 수많은 농구인 중에서도 가장 소탈하고 편안하게 '김현준'에 대한 이야기를 털어놓은 사람이었다.

현재는 과거로부터 온다.

그러나 김현준이란 이름 앞에 '故'라는 한자가 붙는 순간,
그의 삶은 현재에서 과거로 돌입하기 시작했다.

현역 시절 그는 '전자슈터'였다.

어느새 그는 '비극의' 전자슈터가 되어 있었다…

"아까운 친구가 먼저 갔어요. 정말 훌륭하고, 자기 관리도 잘 하고, 센스도 좋았던… 어떻게 보면 허망하고 안타까운 죽음이에요. 정말 아까운 선수가 죽었어요. 감독을 했어도, 분명 잘 했을 거예요."

_김인건 감독

김인건 감독

삼성전자 농구단의 상징과도 같은 김인건. 김현준이 삼성전자 농구단에 입단하고 은퇴하기까지 김현준의 감독은 늘 김인건이었다. 그는 사실 명(名)감독이기 전에 명(名)선수였으며 '한국 최초의 포인트 가드'라 불린다. 1977년부터 1996년까지 무려 20년간 실업농구 삼성전자 농구단의 감독을 지냈으며, 2002년 SBS감독을 끝으로 지도자 생활을 마감했다. 그 후 2002년부터 2005년까지, 그리고 2008년부터 2010년까지 두 차례 '태릉 선수촌장'으로 일하며 '농구'를 뛰어넘어 다양한 영역에서 발자취를 남겼다. 그는 김현준을 두고 이렇게 말했다. "김현준이를 보면, 혼자 나와서도 연습을 해요. 연습 시간이 3시면, 2시 30분쯤… 낮잠 자다 나오는 거지. 나와서 슛 연습을 해요. 경기에서 벌어질 법한 상황을 만들어서 혼자 연습하는 거지. 그렇게 자기 관리를 잘 하는 선수가 김현준이었어요."

그가 죽은 지 20년이라는 세월이 흘렀다.

그의 삶은 갑자기 멈춰섰지만,
많은 사람들은 '그럭저럭' 살아갔다.

냉정히 말해, 죽음은 결국 '누군가의' 죽음일 뿐이다.

그럼에도 김현준은 여전히 살아있다.

분명 세상에 없지만,
여전히 살아있는 존재.

'삶과 죽음'에 관한 슬픈 역설.

"참 이상한 게 현준이 형이 돌아가시고 나서 몇 개월은 현준이 형이 꿈에 자주 나타났어요. 야…이거 웬 꿈이 이렇지 싶었어요. 현준이 형이 누구한테도 말 못하고 나한테만 말하는 건가 싶기도 했고. 분명 현준이 형은 돌아가셨는데… 형 안 가셨냐고, 괜찮냐고, 그렇게 물었죠. 가면서도 내 생각인데, 날 이렇게 도와주고 가신 건 아닌가 하는 생각을 했죠."

_강을준 감독

강을준 감독

김현준이 사랑했던, 그리고 김현준을 사랑했던 강을준. 5년 선배 김현준을 잘 따랐던 강을준은 은퇴 후 중학교, 고등학교, 대학교, 프로 감독에 이르기까지 다양한 코치 경력을 쌓았다. 선수 시절 김인건 감독이 자주 활용한 전술 '키홀 플레이'로 김현준과 호흡을 맞춘 그는 "현준이 형이 주는 것만 잘 받아먹어도 10점은 올렸어요"라며 김현준과의 콤비 플레이를 그리워했다. 그는 "〈전자슈터 김현준〉에 바라는 게 있느냐"는 필자의 질문에 "현준이 형에 대해 가장 아픈 부분은 너무 일찍 가신 거예요… 그 부분을 이쁘게 잘 써주면 좋겠어요. 너무 안타까운 그 일을 이쁘게…"라며 묵직한 말들을 조심스럽게 던졌다.

사람들은 여전히, 상상한다.

그가 죽지 않았으면,
그렇게 이른 나이에 세상을 떠나지 않았다면…

섣부른 시도도 있었다.

그의 죽음을 손쉽게 해석해보려는,
가벼운 시도였다.

가당치 않은 일이었다.
그가 걸어간 길이 깊고 넓은 만큼,
그의 존재 역시 그러했기 때문이다.

"남편이 죽고 나서 인터뷰 하자는 데가 많았는데, 1년 동안 다 거절했어요. '니네들이 그렇게 쉽게 글로 풀 수 있는 게 아니다'라고 생각했어요. 그건 글로 풀어서 가십으로 얘기할 수 있는 스토리가 아니거든요. 그런데 당시 자기네 나름대로 들은 얘기로 엉뚱한 얘기 써놓는 여성 잡지가 많았어요. 물론 그런 거엔 신경 안 쓰려고 했어요. 지금은 시간도 많이 흘렀고, 남편의 죽음으로부터 저에게 주어졌던 시간이 해석도 되고… 지금은 괜찮은데, 그 당시엔 그랬어요. 그래서 저와 남겨진 두 딸 사이엔 남편의 존재가 일종의 금기었어요. 말하면 아프니까…"

_김정현

김정현

김현준의 아내 김정현. 그녀에게 김현준은 이러하다. '농구랑 가족밖에 몰랐던 사람', '참착했던 사람', 그리고 '영원한 농구인'.

삼성전자 농구단은 빠르게 대처했다.
우선, 그의 백넘버 10번을 영구결번으로 정했다.

그리고 그를 오랜 기간 기념하기 위해 고민하던 중,
'김현준 장학금'이란 기금을 출연하기로 했다.

실력과 인품을 두루 갖췄다고 평가받았던,
'전자슈터 김현준'을 오랜 기간 기억하기 위한 묘책이었다.

"영구 결번으로는 현준이가 최초이기도 하고, 영구 결번 결정은 아주 의미 있는 일이었죠. 즉시, 사고 난 이후에 프로농구가 개막하는 날 추모영상을 틀고 영구결번 시켰어요. 김현준 장학금도 시행하고, 그렇게 했어요. 짧은 시간에 현준이를 위한 것들을 기획하고 실행한 거죠. 저는 김현준 장학금이 중간에 없어지면 어떡하나 싶었어요. 그래도 잘 끌어오고 있고… 결국 이 장학금이 공정성이 있었다는 거죠. 장학금 대상자를 선정할 때 굉장히 엄선하거든요. 받는 선수들 입장에서도 영광일 거예요. 장학금 액수야 그리 크지 않지만, 돈이 문제가 아니라 그걸 받았다는 거 자체를 큰 프라이드라고 생각하더라고요."

_**이성훈** KBL 사무총장

이성훈 KBL 사무총장

김현준과 연세대학교 입학 동기이자 삼성전자 농구단 입단 동기인 이성훈. 1990년까지 삼성전자 농구단에서 활약한 그는 은퇴 후 농구 뿐 아니라 다양한 종목에서 행정일로 종횡무진 활동했다. 2011년부터 2014년까지는 삼성농구 단장으로 구단을 선두에서 이끌었다. 그는 인터뷰를 시작하며 "저 같은 경우는 굉장히 약간의 죄책감이 있어요. 그날 현준이가 사고 나기 전날 같이 술을 마신 사람들 중에 한 명이 저거든요."라며 조심스럽게 말을 뗐다. 〈전자슈터 김현준〉을 집필하기 위해 만났던 농구인들 중에서도 이성훈 사무총장은 '김현준'이라는 존재를 가장 균형 있게 바라보고 있다는 느낌을 필자에게 주었다.

에피소드 1.
김현준 장학금

김현준의 죽음은 당시 삼성전자 농구단 전체에 큰 슬픔을 안겼다. 구단은 김현준 선수의 백넘버를 영구결번 처리하며 그를 향한 예우를 표했다. 더불어 구단에서는 '김현준'이란 레전드를 어떻게 하면 더 오랜 기간 의미 있게 기억할 수 있을지에 대해 고민했다. 그 결과 탄생한 게 바로 '김현준 장학금'이었다. 농구라는 거대한 세계에서 꿈을 꾸며 조금씩 전진하고 있는 꿈나무들을 지원하기 위해서였다.

2000년부터 시행된 '김현준 장학금'은 서울삼성썬더스 농구단이 KBL 정규 경기에서 1승을 할 때마다 일정 금액을 적립하여 마련되고 있다. 설립 첫해인 2000년에는 1승당 20만원을 적립했으나 2002년부터는 1승당 30만원을 적립하여 운영하고 있다. 지난 2000년부터 모두 59명에게 1억 2,510만원의 장학금을 지급했다.

현재 삼성썬더스에서 활약하고 있는 선수 중 5명의 선수가 '김현준 장학금'을 수상하며 농구 선수로서의 꿈을 계속해서 키워나갔다. 제1회 김현준 장학금의 수상자가 KGC인삼공사의 캡틴 양희종 선수일 정도로 '김현준 장학금'은 명목상의 장학금이 아닌 농구 꿈나무들의 실질적인 디딤돌이 되어 프로농구 발전에 크게 기여했다. 박찬희(인천 전자랜드), 이승현(고양 오리온즈 소속, 현재 상무에서 복무 중), 전준범(울산 모비스, 현재 상무에서 복무 중), 최준용(SK 나이츠) 등도 '김현준 장학금'의 역대 수상자들 중 한 명이다.

'김현준 장학금'의 대상은 전국의 중,고교 농구협회에 등록된 정규 선수들이며, 당해 년도 중,고교 대회의 기록과 해당 팀 지도자의 추천서를 종합적으로 평가하여 공정하게 선발하고 있다.

김현준 장학금 제4회 수상자 이관희 선수

Q. 이관희 선수는 삼성 썬더스 소속 선수들 중 '김현준 장학금'의 첫 번째 수상자입니다. '김현준 장학금'을 수상한 게 이관희 선수 농구 인생에 있어서 어떠한 영향을 끼쳤나요? 다시 말해 이관희 선수 농구 인생에 김현준 장학금은 어떠한 의미가 있었나요?

A. 사실 제가 '김현준 장학금'을 받을 당시에는 어렸을 때라 김현준 선배님에 대해 잘 아는 상태는 아니었어요.(웃음) 당시 '김현준 장학금'을 받으면서 삼성 농구단에 오고 싶은 마음도 생겼고 실제로 삼성 썬더스에 입단하고 나니 김현준 선배님에 대해서 여러 가지 보고 듣게 됐어요. 어떤 선수였고, 어떤 커리어를 쌓았는지에 대해 느끼게 됐죠. 김현준 선배님에 대해서 더 알아가며 제가 '김현준 장학금'을 받았다는 사실이 뿌듯하더라고요.

Q. 삼성 썬더스 농구단 내에서 선배 김현준의 존재감은 어떠한가요?

A. 우리나라 농구 역사에서 세 손가락 안에 드는 슈터로 다들 기억하고 있습니다. 저는 나이차가 많이 나서 실질적으로 경기하는 모습을 보진 못했지만, 들은 것만으로도 어느 정도 짐작은 할 수 있는, 그런 훌륭한 선배로 기억하고 있죠.

02

절정

여러 절정을 갖다

누구나 꿈꾸는 절정의 순간들,

다양한 절정을 누렸던 농구인.

전자슈터 김현준…

우리는 흔히 스포츠를 두 범주로 나눈다.

인기 스포츠,
그리고 '비인기' 스포츠.

농구라는 스포츠는 어느 자리에 있을까.

비인기 스포츠라 말하긴 그렇지만,
자신 있게 '인기 스포츠'라 말할 수도 없을 거다.

지금의 농구는 그러하다.

김현준이 뛰던 시절, 농구는 '인기 스포츠'였다.
인기 스포츠의 중심에서 뛴다는 건 행복한 일이었다.

"요즘은 분위기가 어떤지 모르겠지만, 당시엔 팬들에게 잠바를 뜯길 정도였어요. 집으로 팬들이 찾아오고… 지금은 뭐, 그 정도는 아닌 거 같아요. 요즘 중계를 보면 예전만큼 슛이 잘 안 들어가는 거 같기도 하구요. 사실 뭐, 언론에서도 이야기하듯, (예전에 비해) 슈터다운 슈터가 없다는 생각도 들고…"

_김정현

추락한 프로농구 시청률

2018년 1월 23일자 〈SPOTV NEWS〉 보도에 따르면, 2017-2018시즌 프로농구 상반기(167경기) 평균 시청률은 0.113%로 나타났다. 시청률 조사기관 AGB 닐슨(전국 가구 기준)에 따른 결과다. 프로배구의 경우 2017-18시즌 V리그의 전반기 평균 시청률이 0.831%를 기록했다. 프로농구와 프로배구 사이에 벌어진 격차를 실감할 수 있는 시청률 수치이다.

선수라면 누구나 인생의 하이라이트가 있다.
단 한 번의 순간 같은 것.

김현준은 여러 절정을 가졌다.

그만큼 꾸준하고 성실하게,
최고의 길을 걸어갔다.

그럼에도 그 여러 절정들의 시발점을 꼽자면
농구대잔치 1987-1988시즌이 아닐까 싶다.

삼성전자 농구단에서의 시간이 전반전을 넘어서던,
국가대표급 팀 선배들이 코트를 떠나기 시작하던 때.

그의 농구는 완숙의 경지로 들어서기 시작했다.

"현준이 형은 사실 늘 악조건에서 플레이를 해야 했죠. 에이스다보니 대한민국의 날고 기는 수비수들이 다 현준이 형을 막았거든요. 완전 오픈 찬스라는 게 거의 없었어요. 그런데 결국 그걸 다 뚫어낸 거니까… 득점을 아무리 못해도 20점은 넣었으니까. 돌아보면 플레이가 정말 영리했죠."

_강을준 감독

정덕화

김현준이, '자신을 가장 잘 막는 수비수'로 꼽았던 선수가 바로 기아자동차 정덕화였다. 김현준, 이충희 등 각 팀의 에이스를 막는 수비수로 이름을 날렸던 정덕화는 특유의 근성으로 상대팀 에이스를 틀어막곤 했다. 그런 정덕화에게도 김현준을 수비하는 것은 늘 '도전'이었다.

김현준의 농구가 만개했던 순간,
그의 농구는 참으로 쉬워 보였다.

상대팀의 수비는 더 짙어졌지만,
그의 작은 슛모션에도 수비는 흔들렸다.

패스의 길을 보는 눈은 깊어졌고,
공간이 열리는 순간을 스스로 만들었다.

위기 상황은 일대일로 처리했고
특유의 득점력이 더욱 단단해져갔다.

"제가 삼성전자 농구단에 코치로 부임했을 때 현준이가 우리 팀 에이스였죠. 그 당시 현준이는 다방면으로 농구에 더 눈을 뜬 상태였어요. 경기나 훈련할 때 선수들의 마음가짐 같은 부분에 대해서 현준이랑 의논도 하고 상의도 하고, 그런 역할을 현준이가 잘 소화해주었어요. 현준이는 일단 선수로서 진솔했어요. 경기력이 완숙에 이른 것도 그러한 영향이 컸을 거예요. 체육관도 제일 먼저 나와서 30분 전에 나와서 땀 흘리면서 연습했죠. 기량이 만개하면서 현준이에 대한 상대팀의 수비도 더 강해졌거든요. 그런데 현준이가 보여주는 간단한 슛모션이나 제스처에 속을 정도로 수비들이 흔들리곤 했죠. 그땐 깜짝 놀랄만한 패스도 나오기 시작했어요. 놀라웠죠."

_진효준 감독

진효준 감독

실업농구 삼성전자 농구단의 창단 멤버였던 진효준은 창단 후 줄곧 팀의 주축 선수로 활약했다. 은퇴 후 여자 농구 실업팀 태평양의 코치를 맡다가 삼성전자 농구단으로 돌아와 코치로 활약했다. 이후 명지대 감독, 프로농구 코리아텐터 감독, 중국 프로농구 난강 드래곤스 감독, 고려대 감독 등을 역임했다. 그는 김현준과의 첫 만남을 이렇게 기억했다. "제대하고 나서 숙소에서 정리를 하는데 야단치는 소리가 들려서 가보니 현준이가 서서 혼나고 있더라고요. 당시 현준이가 두꺼운 잠바를 입고 있었는데, 급하게 와서 차에서 내리다 찢겼는지 '기역자'로 옷이 찢어져 있었어요.(웃음) 이 친구가 어디 가서 술 먹고 늦게 돌아다니고 이런 선수는 아니었거든요. 당시 (훗날) 결혼한 아내와 연애 중이었어요. 그 여자 친구를 만나고 와서 늦게 부랴부랴 왔던 것 같아요. 얼마나 애틋했겠어요." 진효준 감독은 인터뷰 중 후배 김현준을 떠올리며 여러 번 터져 나오는 울음을 애써 참았다.

기록이 전부는 아니지만,
결국 기록은 그의 여정(旅程)을 보여준다.

'슛도사' 이충희는 농구대잔치 최초로
개인 통산 4천 득점을 돌파했다.

후배 김현준은 선배를 넘어 6000점에 도달했다.
그가 남긴 최후의 기록은 6,328점.

통산 득점이 모든 걸 설명할 수는 없다.
그러나 통산 경기당 평균 득점이 25점을 넘는다면 얘기가 달라진다.

독보적인 경기력을 오랜 기간 '꾸준히'
유지했다는 뜻이기 때문이다.

그래도 아쉬운 건, 그의 마지막 농구대잔치였다.
그의 플레이가 절정에서 내려오고 있을 때 잡은 마지막 기회.

기아와의 농구대잔치 결승 4차전이,
그가 뛴 마지막 경기였다.
돌아보면, 그는 우승복(福)이 넘치는 선수는 아니었다.

"진짜 아쉬운 게… 제가 상무 가기 전 농구대잔치가 현준이 형이랑 우승할 수 있는 마지막 찬스였거든요. 결승을 기아랑 했는데, 한 번 이기고 두 번을 졌어요. 4차전에 들어갔는데 딱 보니까 유택이 형, 기범이 형이 지쳤더라고요. 게다가 후반 들어 우리가 7점인가 리드한 상황이었어요. 그런데 갑자기 그 뒤로 허재 형이 원맨쇼를 하는데 결국 그 게임을 딱 졌어요. 그걸 이기고 5차전, 6차전 갔으면 분명 이겼는데… 우린 현준이 형 빼고 다 젊었거든요. 박상관, 이창수, 김승기 등등 젊은 선수들이 주축이었어요. 그렇게 준우승하고 저는 상무에 입대하고 현준이 형은 은퇴했어요. 그때 준우승이 지금도 너무 아쉬워요…"

_문경은 감독

농구대잔치 1994-1995시즌 결승 4차전 주요 멤버

삼성전자 | 김현준 (1960년생), 김승기 (1972년생), 문경은 (1971년생)
강을준 (1965년생), 박상관 (1969년생), 이창수 (1969년생)

기아자동차 | 허재 (1965년생), 강동희 (1966년생), 이훈재 (1967년생)
조동기 (1971년생), 김유택 (1963년생), 한기범 (1964년생)

1994-1995시즌 농구대잔치 결승 4차전

김현준과 그가 사랑한 후배 문경에게는 '두고두고 기억될 아쉬움'으로 남은 1994-1995시즌 농구대잔치 결승 4차전. 당시 5전3선승제였던 결승전을 기아가 2승 1패로 리드하고 있는 상황이었다. 삼성전자가 4차전에서 승리해서 5차전까지 갈 경우, 유리한 건 단연 삼성전자였다. 관건은 체력. 노장들로 구성된 기아자동차는 4차전 들어 급격히 지친 기색을 보였다.

결승 4차전 후반 들어 삼성전자의 페이스가 올라오며 문경은의 3연속 3점슛이 작렬했다. 54대47, 삼성전자의 7점차 리드. 기아자동차는 작전 타임을 요청했다. 삼성전자 김인건 감독은 벤치로 들어오는 선수들을 환하게 웃으며 반겼다.

작전 타임 후 터진 강동희의 3점슛. 다시 4점 차. 이어지는 삼성전자 허영의 3점슛 불발. 허재의 2점슛으로 2점 차. 이 득점을 시작으로 허재의 (모든 선수들과 팬들을 놀라게 했던) 원맨쇼가 시작된다. 이어지는 삼성전자의 공격, 김현준 3점슛이 들어가지 않고 기아자동차 김유택의 골밑슛이 이어지며 56대 56으로 동점.

지공으로 전환한 삼성전자 문경은의 2점 슛이 터지며 삼성전자의 2점차 리드. 후반 9분이 조금 넘게 남은 상황. 이때부터 이어진 삼성전자의 플레이는 그렇게 나쁘다고도, 그렇게 좋다고도 할 수 없었다. 다만, 믿을 수 없는 허재의 원맨쇼가 삼성전자를 무너뜨렸다. 삼성전자가 공격 성공과 실패를 거듭하는 사이, 허재는 무려 19점을 연속해서 성공시켰다. 3점슛 3개, 2점슛 3개, 자유투 4개, 앞서 득점한 2점슛을 포함해 무려 21점을 연속으로 득점한 허재는 그답지 않게 어퍼컷 세레머니까지 선보이며 환하게 웃었다. 5차전까지 가게 되면 체력에 문제가 있을 수 있다는 걸 잘 허재는 잘 알고 있었다. 어느새 기아자동차의 10점 차 리드.

삼성전자는 작전타임을 요청했고, 김인건 감독은 초조해보였다. 주황색 수건으로 얼굴을 닦는 김현준은 지쳐 보였다. 경기는 고작 3분여 남은 상황.

작전타임 후 문경은의 2점슛이 불발하며 기아자동차 응원석에서는 "이겼다"는 환호성이 들렸다. 삼성전자는 최후의 반격을 위해 사력을 다했지만, 경기 종료 1분 57초를 남긴 상황에서 터진 강동희의 3점슛은 삼성전자의 추격 열기를 차갑게 식혀버렸다. 다시 12점 차로 기아자동차의 리드. 사실상 경기는 여기서 끝나버렸다.

문경은 감독은 23년도 넘게 지난 이 경기를 '아직도' 생생히 기억한다.

"말도 안 되는 허재 형의 원맨쇼가 나오면서, 4차전에서 끝나버렸어요. 아, 현준이 형이랑 같이 뛰면서 우승할 수 있는 마지막 기회였는데…"

역대 농구대잔치 우승팀

	우승팀	준우승팀	대회 MVP
1983-1984 시즌	현대전자	삼성전자	이충희
1984-1985 시즌	**삼성전자**	현대전자	임정명
1985-1986 시즌	현대전자	중앙대	이충희
1986-1987 시즌	현대전자	중앙대	박수교
1987-1988 시즌	**삼성전자**	기아산업	**김현준**
1988-1989 시즌	기아산업	현대전자	유재학
1989-1990 시즌	기아산업	현대전자	한기범
1990-1991 시즌	기아자동차	현대전자	정덕화
1991-1992 시즌	기아자동차	삼성전자	허재
1992-1993 시즌	기아자동차	삼성전자	강동희
1993-1994 시즌	연세대학교	상무	서장훈
1994-1995 시즌	기아자동차	삼성전자	허재
1995-1996 시즌	기아자동차	상무	김유택
1996-1997 시즌	연세대학교	상무	서장훈

* 프로농구 출범 이전을 기준으로 함.

용인에 위치한 삼성썬더스 연습장에 새겨져 있는 김현준의 백넘버.
그 앞에는 김현준의 뛰어난 활약으로 우승을 차지했던
1987-1988시즌 농구대잔치 우승 깃발이 걸려 있다.

유례없는 오빠부대 열풍을 불어왔던 1993-1994시즌 농구대잔치.
삼성전자 김현준과 연세대학교 문경은이
나란히 '금주의 선수'로 뽑혀 수상하는 장면.

대통령배 86 : 농구대잔치 1986.11.29
장충

1986-1987시즌 농구대잔치 중 인터뷰하고 있는 김현준.
두툼한 점퍼를 입고 한 손을 주머니에 집어넣고 있는
인터뷰 기자의 모습이 인상적이다.

스타는 늘 경기를 전후하여 언론을 상대해야 한다.
그건 영광스러운 일임과 동시에 매우 피곤한 일이기도 하다.
김현준 역시 현역시절 내내 언론을 가까이해야 했다.

KBS ●

대통령배 '87 농

5~1988 . 2. 22 . 주최:대한농구협

1987-1988시즌 농구대잔치 모습.
당시 농구는 대중들의 겨울을 뜨겁게 달궈주는 인기 스포츠였다.
배구와 함께 농구는 겨울스포츠의 꽃이었다.

1993-1994시즌 농구대잔치 올스타전에 출전한 김현준(뒷줄 가장 오른쪽).
유도훈(앞줄 왼쪽에서 첫 번째)과 김상식(앞줄 오른쪽에서 첫 번째)의 모습이 눈에 띈다.

1988-1989시즌 농구대잔치 베스트5에 뽑힌 선수들.
왼쪽부터 이충희, 김현준, 유재학, 김유택, 허재.
농구대잔치 우승팀답게 기아산업 선수가 세 명이나 있다.

1989-1990시즌 농구대잔치.. 김현준의 농구가
정점에 올랐다고 평가받던 시기이기도 하다.
그만큼 김현준을 향한 수비도 집요해졌다.

1987-1988시즌 농구대잔치 우승은 삼선전자가 차지했다.
선수들을 대표해서 수상하고 있는 김현준. 김현준을 중심으로 왼쪽에
서있는 이문규(현대전자)와 유재학(기아산업)의 표정이 인상적이다.
승자와 패자의 표정은 늘 엇갈린다.

1989-1990시즌 농구대잔치를 마치고 열린
'농구점보대상 시상식'. 앳된 얼굴의 표필상(왼쪽에서 세 번째)과
끈적끈적한 수비로 유명했던 정덕화(가장 오른쪽)가 눈에 띈다.

연세대학교의 강렬한 돌풍이 인상적이었던
1993-1994시즌 농구대잔치 '점보대상 시상식'.
당시 대학생 초년생이었지만 농구코트를 장악했던
새내기 센터 서장훈(왼쪽에서 세 번째)이
대학선배 정재근과 담소를 나누고 있다.

03

혁신

악성빈혈을 뛰어넘다

누구에게나 주어지는
지독한 난관의 순간,

뛰어넘은 자들에게만 주어지는

새로운 세계.

"비타민 B12가 체내에 부족하면 생기는 병.
그리고 거대적혈모구빈혈의 일종."

'악성빈혈'의 사전적 정의다.

사실 이런 식의 정의는,
우리에게 그리 와닿지 않는다.

그러나 빈혈 비슷한 느낌을
누구나 한번쯤은 경험하며 살아간다.

김현준의 농구 인생에는,
'악성빈혈'이라는 '불의 시간'이 휘몰아친 순간이 있었다.

농구라는 분야에서 일가를 이룬 그는,
불의 시간을 이겨냈다.

난 그 시간들에 대해

'자기 혁신'이란 이름을 붙이고 싶다.

"현준이 형이 대학교 1~2학년 때는 그렇게 존재감이 강하지 않았어요. 당시에는 고려대 이민현 선수가 독보적이었죠. 연세대에서는 현준이 형보다는 김남기 선배가 참 잘 했어요. 현준이 형이 체력이 약했거든요. 당시에는 코트 러닝하면 쓰러질 정도였으니까요. 물론 김남기 선배도 몸이 안 좋았어요. 허리 쪽이 좀 안 좋았죠. 당시 김남기 선배의 부상으로 공백이 생겼는데 그 공백을 현준이 형이 메꾸기 시작하면서 기량이 본격적으로 올라오기 시작한 거죠."

_김 진 감독

이민현

김현준이 연세대학교에 입학할 당시, 대학농구 79학번 선수들 중 최대어는 김현준이 아니라 바로 이민현이었다. 휘문고 출신의 이민현은 단연 스카우트 랭킹 1위였고, 결국 고려대에 입학했다. 대학무대 데뷔전부터 언론의 집중적인 조명을 받았던 이민현은 그 후 실업팀에 입단하는 과정에서, (당시 실업농구 양대산맥이었던) 현대전자와 삼성전자 간에 과열됐던 스카우트 열기로 인해 그 누구도 예상하지 못한 기업은행에 입단하여 1991년까지 선수생활을 했다. 고등학교와 대학교 시절 그가 보여줬던 퍼포먼스에 비하면 아쉬움이 남는 실업농구 시절이었다. 은퇴 후 기업은행 코치, 고려대 코치, 조선대 감독 등을 역임하며 지도자로 활약했다.

같이 뛰어도,
먼저 지쳤다.

그의 호흡을 가장 우려한 건,
다름 아닌 의사였다.

객관적으로 보았을 때,
농구를 더 하는 건 분명 무리였다.

결단이 필요한 시점이었다.

"제가 연세대학교에 입학했을 때 저랑 현준이를 포함해서 7명이 동기였어요. 현준이는 당시 악성 빈혈이 있어서 훈련을 하며 코트를 뛰면, 두세 바퀴만 뛰어도 반 바퀴 정도는 뒤로 처지고 그랬어요. 병원 가서 진단을 받았는데, '넌 그만 둬야 한다, 더 이상 농구 하다간 죽는다'라는 소리를 듣기도 할 정도였으니까요. 사실 그때 농구하는 선수들은 대체로 형편이 넉넉하지가 않았어요. 현준이 아버지는 개인택시를 하셨고 현준이는 장남이었죠. 거기서 그만둘 순 없었을 거예요."

_**이성훈** 사무총장

연세대학교 학번 별 주요 선수

74학번 | 박수교, 신선우, 최희암
75학번 | 박인규, 신동찬
76학번 | 조동우
78학번 | 박종천
79학번 | 김남기, **김현준**, 이성훈

승부수를 던졌다.

남들과 같이 뛰어도
먼저 지친다면,

남들보다 더 뛰면서
호흡의 질 자체를 바꿔버리면 그만이었다.

"농구 하면 죽는다"던 의사의 말은,
'객관의 세계'에 속한 한가한 소리였다.

김현준은 '극복 이후'를 내다봤다.

확신한 건 아니지만,
승부수를 띄웠다.

"우연찮게 현준이가 쓴 일기를 보게 됐어요. 물론 훔쳐본 건 전혀 아니었구요. 당시 현준이가 일기를 좀 썼던 것 같아요. 나름대로 자기로서는 뭐랄까, '이게 마지막 승부다'라는 생각을 갖고 있었던 것 같아요. 그야말로 와신상담, 그런 각오를 다지는 내용의 일기였어요. 그러면서 (어머니가 챙겨주신) 약도 챙겨 먹으면서 고되게 훈련을 했죠. 결국, 현준이가 악성빈혈을 고쳐요. 그 후 대학교 1학년 후반부터 두각을 보이면서 자리를 잡기 시작했죠."

_**이성훈** 사무총장

그 역시 느낄 수 있었다.

전보다 몸이 더 가뿐해지고,
농구가 쉬워졌다.

그에게 있던 타고난 능력에
'새로운 호흡의 질'이 더해지면서,
전혀 다른 차원의 농구를 구사하기 시작했다.

완벽하지 않던 김현준이
완벽에 가까운 선수로 도약을 시작했다.

"현준이가 고등학교를 졸업할 때는 그렇게 뛰어난 선수가 아니었어요. 촉망 받는 선수들은 따로 있었거든요. 점프도 요거밖에 안 되고 폼도 그야말로 떡판 숯이었으니까요.(웃음)"

_**장덕영** 선생

장덕영 선생

김현준의 중학교, 고등학교 3년 선배인 장덕영. 그는 경희대 졸업 후 광신상고에 체육교사 겸 농구부 코치로 부임했다. 김현준이 중학생이던 당시 그는 고등학생이었지만, (광신 특유의 전통에 따라) 후배 김현준과 훈련을 함께하며 가까이서 지켜본 선배였다. 그가 가르친 선수 중 대표적인 선수로는 임근배(현 삼성생명 블루밍스 감독), 문경은(현 SK 나이츠 감독), 박상오(현 고양 오리온스 선수) 등이 있다. 문경은 감독은 장덕영 선생을 두고 "그 분은 진짜 선생님"이라는 표현을 썼다.

김현준이라는 산맥에서,
가장 높은 봉우리는 무엇일까.

그가 누렸던 수많은 영광들,
그를 특별하게 만들어줬던 극적인 순간들,
수많은 봉우리들이 존재했다.

그러나 그러한 순간들은
그저 수많은 봉우리 중 하나일지 모른다.

결국 그가 가진 여러 봉우리 중
가장 높고 단단한 봉우리는
'악성 빈혈'을 이겨냈던 순간이었다.

나는 그 '자기 혁신'의 순간이야말로
김현준 농구 인생의 '정점'이라고 본다.

고려대학교와의 정기전에서 슛을 쏘고 있는 김현준.

고려대학교와의 정기전에서 수비수들을 피해 절묘한 패스를 뿌리고 있는 김현준.

광신중학교 시절의 김현준(뒷줄 오른쪽에서 세 번째).
김현준이 농구와 인생의 기초를 닦을 수 있었던 값진 시절이었다.
김현준의 백넘버는 당시에도 10번이었다.

삼성썬더스 감독 이상민. 김현준과의 인연에 대해 묻자 그는 말했다. "사실 현준이 형이랑은 나이차도 있고 해서 관계 맺을 기회가 적은 편이었어요. 그래도 어렸을 때 TV로 현준이 형이 농구하는 모습 보며 '저런 농구 선수가 되고 싶다'는 생각을 했죠."

04

낙관

코트의 낙천적 예술가

스포츠는 격렬하다.

그 격렬함 속에서도,
예술가로 살아가는 선수가 있었다.

'낙천적'이라는 말은 익숙한 단어다.

그렇다면, 농구 선수의 플레이 앞에
'낙천적'이란 형용사를 붙이는 게 자연스러운 일일까.

보통 우린 "플레이가 낙천적이다"라는 표현은 잘 쓰지 않는다.

김현준의 플레이는,
낙천적이었다.

'대체 낙천적인 플레이가 무슨 의미냐?'에 정답은 없지만,
분명 그의 플레이는 낙천적이었다.

걱정에 휩싸여 있기보단,
툭툭 털며 앞으로 전진하는 경우가 많았다.

"가만 보면 현준이 형은 굉장히 낙천적이었어요. 긍정적이랄까… 가끔 좀 특이해 보일 정도로. 굉장히 긍정적이었었고, 부정적인 면이 별로 없었어요. 예, 낙천적 이랄까요. 농구 자체를 아주 즐기는 스타일이었죠."

_김 진 감독

즐거움

2017년 여름 방한했던 NBA스타 스테판 커리는 "한국 농구 선수들을 향해 해줄 말이 있 느냐"는 기자들의 질문에 "정신력"을 강조했다. 더불어 그는 "농구를 즐기는 것이 중요하 다"는 이야기를 덧붙였다.

누군가는 김현준을 두고
"자유분방한 플레이를 했다"고 평한다.

틀에 박힌 농구가 아닌 자기만의 농구.
김현준이 꿈꾸던 농구의 세계는 그곳에 있었다.

그를 상징하는 '백보드 슛'도 거기서 탄생했다.

훈련 역시 그는 틀에 갇히지 않았다.

슈터에게 필요한 '훈련'을 찾으려 애썼고,
자신의 체형에 필요한 '훈련'을 발견해갔다.

"연세대를 졸업하고 삼성전자 농구단에 들어갔죠. 딱 가서 훈련하는 선배들을 봤는데 현준이 형은 다른 선배들이랑 좀 다르게 훈련을 하고 있더라고요. 다들 죽기 살기로 하는 분위긴데 현준이 형은 좀 달라 보였어요. 그래서 '형은 왜 안 하세요?'라고 물었죠.(웃음) 그랬더니 현준이 형이 '슛 감 떨어지니 하체만 하라'고 하더라고요. 그래서 저도 현준이 형 따라서 그 후로 웨이트는 하체에 집중했죠. 현준이 형이 나쁜 것만 가르쳐줬어요.(웃음)"

_**문경은** 감독

김현준은 맹목적인 연습을 싫어했다.

기본적인 틀이 짜여지면,
전략적으로 연습했다.

수동적으로 연습하며 시간이나 때우는 건,
그에겐 의미 없는 연습이었다.

상황을 만들어 자신을 그 속에 집어넣었다.
벌어질 법한 상황에 자신을 노출시켰다.

창의적인 연습은,
창의적인 플레이로 이어졌다.

"사실 현준이는 체격으로 볼 땐 별 볼일 없는 선수였죠. 그런데 훈련할 때 보면 다양한 상황을 상상하면서 훈련하는 게 장점이었어요. 스스로 상황을 만들어서 훈련하며 해법을 찾아가는 선수가 바로 현준이었어요. 사실 선수라고 해서 다 현준이처럼 훈련하는 건 아니거든요. 지극히 수동적으로 연습하는 선수들도 있고… 그런 선수들은 코치들이 훈련 계획을 세워줘야 해요. 현준이는 그야말로 지가 알아서 연습한 케이스죠.(웃음) 후배들에게 더블팀 수비를 부탁하기도 하고, '난 여기서 드리블 하며 슛을 쏠 테니 뛰어와서 블록해라'라는 식으로 상황을 만들어보기도 하고, 자기보다 다리가 빠른 후배들을 불러다가 일대일 연습도 하고… 이렇게 연습들을 하다 보니 경기장에서 그게 플레이로 드러나는 거죠. 그런 게 다른 선수들과 좀 달랐다고나 할까…"

_진효준 감독

난 김현준을 두고
'코트 위의 낙천적 예술가'라는 이름을 붙여보고 싶다.

사실 이건 어느 정도 타고난 성품에서 기인한다.

그를 가까운 거리에서 오랜 기간 지켜본 선배들도 그를 두고
'사생활이나 운동이나 큰 걱정이 없는', 그런 선수라 말한다.

또 누군가는 '둥글둥글한 선수'라 말한다.

지인들은 대체로 그를 '시원시원했던 선수'로 기억한다.

"현준이가 농구를 잘할 수 있었던 이유를 전 배짱이라고 봐요. 광신상고 시절 현준이 포함해서 가장 농구를 잘하는 선수가 세 명 있었어요. 그 중 현준이가 단연 배짱이 제일 좋았죠. '야, 너 슛 쏘지마!'라고 하면 보통 슛을 안 쏘는데 현준이는 그래도 쐈죠. 한 번은 학교에서 장난을 치다가 유리에 찔렸는지 피가 나는데 '허허 허' 웃고 있더라고요. 그 정도로 넉넉하고 배짱이 있었어요. 여유로움도 있었고⋯ 이런 배짱은 타고나지 않았나 싶어요."

_**장덕영** 선생

물론 그가 모든 걸 즐기기만 했던 건 아니다.
그건 치열한 연습과 현실감각에서 비롯된 자신감이었다.

농구인들은 보통 "슛은 자신감이다"라고 이야기한다.

김현준은 그 자신감을 '치열한 연습'에서 찾았다.
여기에 특유의 자신감이 더해져 자신의 슛을 신뢰할 수 있었다.

확률 높은 농구를 선호했다는 점에서 그는 현실 감각이 좋았다.

삼성전자 농구단에 들어갈 때도 그는 슛이 잘 준비된 선수였다.
그러나 슛 거리를 함부로 늘리지 않았다.

확률 높은 농구로 시작하여 점점 더 완숙한 슈터로 무르익어갔다.

"현준이는 엄격히 따지면, 공격 지향적인 선수였죠. 물론 현준이가 열심히 연습을 했지만, 이런 에피소드도 있었어요.(웃음) 당시 시대적인 상황으로 교정이 삭막했어요. 휴교령이 내려진 상황이었죠. MBC대학농구대회 토너먼트에서 저희가 중앙대한테 져서 패자 부활전에 들어갔어요. 그런데 우리가 패자 결승에서 동국대를 이겨서 결승에서 고대를 만난 거죠. 휴교령이 끝나면 결승전을 치뤄야 하니, 연습을 해야 하는 상황이었는데 저하고 현준이하고 그 밑에 후배 한 명하고 도망가서 시계를 전당포에 맡기고 술도 먹고… 그랬어요.(웃음)"

_이성훈 사무총장

1980년 휴교령

1980년 5월17일, 전두환 신군부는 비상계엄령을 전국으로 확대했다. 당시 신군부는 국회를 무력으로 봉쇄해 헌정을 중단시켰고 김영삼과 김대중 등 유력 정치인들을 가택연금하며 연행했다. 민주 인사와 학생들도 대거 체포됐고, 전국의 각 대학교에는 휴교령이 내려졌다.

자신감은 욕심과 함께 간다.
그 역시 욕심을 부리기도 했다.

그러나 에이스라면,
마땅히 가져야 하는 게 욕심이기도 하다.

에이스의 욕심으로 승리하기도 하고,
에이스의 욕심으로 패배하기도 한다.

그의 욕심을 불편해 하는 선수들도 있었다.

그럼에도 그는 '결과'를 가져다주는 선수였다.
열심히 뛰었고, 적극적으로 팀을 이끌었다.

"플레이는 보통 현준이 형의 공격을 중심으로 이뤄졌어요. 그리고 현준이형 플레이 자체가 공격적이었어요. 공격하다가 무리한 공격이 나오기도 했어요 사실… 그때 그 길을 알고 잡아먹는 건 제가 최고였죠.(웃음) 또 약주를 좋아하셨는데 문경은이, 저, 현준이 형 이렇게 세 명이 방에서 한잔하기도 하고 그랬어요. 많이 드시는 건 아니고, 정확히 절제하는 스타일이었죠. 그리고 그 다음날 날아다니고…(웃음) 사실 대스타들도 중요한 게임을 앞두곤 연구도 하고 그렇게 해야 하거든요. 그러다보면 새벽 4시까지 못 자는 경우가 있는데, 현준이 형한테 배웠어요. 소주 한잔 먹고 자면 알딸딸하고, 몸 풀 때 땀이 쫘악 나버리니까 가뿐하더라고요.(웃음)"

_**강을준** 감독

삼성전자 vs 현대전자, 현대전자 vs 삼성전자

실업농구 삼성전자와 현대전자는 농구대잔치 최고의 라이벌이었다. 창단 때부터 줄곧 라이벌 관계였던 두 팀의 선수들은 라이벌전을 앞두곤 긴장 속에 잠들어야 했다. 경기는 늘 혈투였다. 당시 양팀 스타들이 펼치는 대접전을 보기 위해 장충체육관은 뜨거운 함성으로 가득했다. 그야말로, 농구선수들에겐 '농구 할 맛났던 시절'이다.

05

비범

재능과 노력 사이에서

한 손에 재능을,
다른 한 손엔 노력을…

그 둘을 적절하게 끌어올렸던,

한 농구인에 관한 이야기.

'천재'라는 닉네임은 김현준에게 익숙하지 않다.
대중들 역시 그를 '천재'로 기억하지 않는다.

누구보다 농구를 잘했던 그이지만,
'그가 타고난 천재인가'에 대해선
쉽게 답할 수 없다.

일단 그는 천재와는 거리가 있어 보인다.
농구 선수로서의 '체형'이나 '운동 능력'에 관해선 그렇다.

체력이 특별히 좋은 것도
탄력이 특별히 뛰어난 것도
점프력이 특별히 탁월한 것도 아니었다.
스피드도 그러했다.

다만 그는 자기 자신을 잘 알고 있었다.

"기억해보면, 현준이 형이 운동 능력이 좋은 스타일은 아니에요. 발목도 워낙 굵어서 점프력이 좋은 편이 아니었죠. 하지만 자기 단점을 장점화 시키는 능력이 탁월했어요. 슛에 관한 것도 여러 가지 훈련을 통해서 능력을 키워갔죠. 정상적으로 점프하면 블록슛을 당하는 것도 타이밍이나 페이드 어웨이 슛으로 커버하기도 했고… 그러한 면에서 형은 머리가 정말 좋았어요"

_김 진 감독

그러나,
한편으로 그는 천재였다.

농구를 넘어 당구, 축구까지도
그에겐 둥근 공에 대한 탁월한 기능이 있었다.

그래서 그런가,
그는 볼을 가지고 있으면 지치지 않았다.

(오히려) 볼이 손에 없을 때 힘들어했다.

누군가는 그를 두고
"연습을 안 해도 되는 선수"라고까지 표현한다.

그만큼 '탁월한 기능'을 갖고 태어났다는 의미일 거다.

"예를 들어 유원지 같은 데 가면 농구 골대가 있잖아요. 그런 데서 경품을 걸고 내기 같은 것도 하고 그럴 때가 있죠. 아무리 농구 선수여도 골대 높이도 다르고 공도 좀 이상하기 때문에 골을 넣기가 어렵거든요. 그런데 현준이는 그걸 다 집어넣어요. 그 정도로 감각이 좋아요. 타고난 센스, 특히 공에 대한 센스가 아주 좋았죠. 현준이 같은 경우는 워낙 감각이 좋다보니 몇 주 쉬고 나와도 흔들림이 없었어요. 그리고 현준이는 시합 전에 오히려 한 이틀 쉬어야 당일 컨디션이 좋아지는, 그런 스타일이었던 걸로 기억해요."

_**이성훈** 사무총장

'힘'으로 농구하는 슈터의 유형이 있다면,
김현준은 그와는 거리가 있었다.

업-다운 동작으로 수비수의 타이밍을 뺏는 것,
그에겐 그것이 그리 어렵지 않았다.

"김현준을 잡으라"는 특명을 받고 나온 수비수들을,
김현준은 특유의 타이밍으로 벗겨냈다.

이건 감독이 잡아준다고 되는 게 아니었다.

그러한 타이밍 감각은 타고난 것이었다.

"슛 쏠 때 힘으로 하는 선수들도 있어요. 현준이 형은 자신이 만들어내는 스타일이었어요. 몸을 흔들어가며 수비수의 몸동작 타이밍을 절묘하게 뺏으면서. 만약 그러다가 잘 안 돼서 뺏기면 나한테 주기도 했고요. 저는 그렇게 현준이 형 덕분에 득점도 많이 올렸죠.(웃음)"

_**강을준** 감독

삼성전자 농구단의 전술 '키 홀'(Key Hole)

'키 홀'(Key Hole)은 열쇠 구멍처럼 생긴 페이트존 상단의 반원을 지칭하는 말. 페이트존 모서리에 서 있는 강을준이나 이창수 등의 빅맨을 중심으로 김현준에게 스크린을 걸거나 2-2 픽앤롤을 쓰는 전술이었다. 전술 이해가 빠르고 어시스트 능력도 갖췄던 김현준의 능력을 극대화시킬 수 있었던 전술. 삼성전자 김인건 감독은 이 전법을 즐겨 사용했다.

코끼리 발목.
김현준을 상징하는 독특한 신체 부위다.

그는 이미 굵은 그 발목에
굳이 테이핑을 하지 않았다.

두꺼운 발목을 가진 덕분에 그는
점프력과 탄력을 포기해야 했다.

그러나, 그 두꺼운 발목 덕분에
발목을 다쳐본 적이 없다.

공을 두어 번 밟고서도 무리 없을 정도였다.

"현준이 형은 아픈 데가 없었어요. 발목도 이만 하고 다리도 이만 해요. 앉아 있다가 윽! 한번 하고 나가서 뛰고…(웃음) 그래서 나도 현역시절 스트레칭을 잘 안 했어요. 왜냐면 나이 먹어서 그렇게 하면 "저 노인네"라는 소리 들을 거 같아서 더 안 했어요. 현준이 형도 아마 그런 게 있었을 거예요. 다른 선배들은 보통 갓 서른이 됐는데 얼음찜질 이만큼에 아대에… 그런데 현준이 형은 아픈 데가 없었던 거 같아요. 그리고 현준이 형을 보면 다른 데는 굵은데 손만 굉장히 예민했어요."

_**문경은** 감독

코끼리 발목

김현준의 발목이 워낙 두꺼워 동료 선수들은 그의 발목을 두고 "코끼리 발목"이라 놀리기도 했다. 그럴 때마다 김현준은 유쾌하게 웃어 넘겼다고 한다. 덕분에 그는 발목을 다친 적이 거의 없는데 딱 한 번, 국가대표 훈련장에서 몸을 풀며 슛을 쏘고 내려오다 공을 밟아 발목을 다친 적이 있다고 한다. '코끼리 발목'에 이상이 간 건 그게 처음이자 마지막이었다.

뻔한 소리를 해야겠다.

그에게는 '노력'이 있었다.

그건, '강렬한' 노력이었다.

그는 자신이 노력해야 하는 선수임을 분명히 알고 있었다.

특정한 지점을 정해놓고 노력했다기보단,

그에게 주어진 '농구'라는 업(業)을 진지하게 대했다.

남들 잘 때 자고, 남들 쉴 때 쉬고,

그저 그렇게 묻혀가는 건 김현준의 길에 없었다.

좀 더 강렬하게, 좀 더 치열하게.

그가 어려서부터 생각한 훈련 방식이었다.

"현준이가 슛이 잘 들어갔잖아요. 중고등학교 때는 사실 별로 그렇게 실력이 뛰어나지 않았어요. 슛도 완전 떡판슛이고.(웃음) 그러나 연습은 무지무지하게 열심히 했죠. 교실에다가 유도 매트 깔고 같이 자고 하면, 선배들이 깰까 봐 살며시 일어나서… 불 켜면 혼나니까. 당시 원우(전 현대전자 선수 이원우)하고 현준이는 불 꺼지면 나가서 하고… 그럴 정도로 열심히, 열정적으로 농구를 했어요."

_장덕영 선생

이원우

김현준의 광신상고 1년 선배였던 이원우. 현역 시절 '코트의 여우'로 불린 그는 영리하면서도 심플한 플레이로 현대전자 농구팀의 전성기를 이끌었다. 1987년 12월 17일 부산 구덕체육관에서 열린 농구대잔치 1차대회 명지대 전에서는 트리플 더블을 기록하기도 했다. 1994년 뇌종양 진단을 받으면서도 병마와 싸우며 서울비전휠체어 농구팀과 장애인 농구 국가대표팀의 감독으로 헌신하였다. 그러나 안타깝게도, 결국 2004년 세상을 떠났다. 그의 나이 45세. 너무 이른 죽음이었다.

그의 노력은 '적극적인' 노력이었다.

그가 가지고 태어난 특유의 농구 지능은,
훈련할 때 드러났다.

주어진 훈련을 그대로 따라하기보단,
적극적으로 훈련을 계획했다.

생각보다 많은 선수들이 '얼굴도장'을 찍으려고 애쓴다.
그만큼 훈련은 선수들에게 매력 없는 시간이다.

김현준은 '어떻게 훈련해야 할지'
정확히 알고 있었다.

"현준이는 다양한 상황을 상상하면서 훈련했어요. 그리고 다른 선수들이 의아하게 봤던 건 현준이가 개인 연습을 할 때 비장한 각오로 했다는 점이에요. 다양한 시뮬레이션을 시도해보기도 하고, 자신의 생각대로 안 되면 불쾌해하며 다시 시도해보고… 현준이는 단체 연습 후에 개인 연습을 하기보단 단체 연습 전, 그러니까 힘이 있을 때 개인 연습을 했어요. 그 부분이 현준이가 발전할 수 있었던 요소 아닌가 싶어요. 보통 개인 연습은 저녁 식사 후에 억지로 하는 경우도 많거든요. 그런데 현준이는 연습 전에 30분 정도 미리 하는… 어쩌면 실제 연습보다도 더 강도 높은 훈련이었어요."

_**진효준** 감독

그의 노력은 일상(日常)과 맞닿아 있었다.

낙천적인 그였지만,
그냥 쉬는 건 불안해했다.

자신의 몸 상태를 섬세하게 체크하며,
일상의 세계에서도
훈련의 감(感)을 놓지 않았다.

그의 일상을 가장 가까이서 지켜본 가족들에겐,
일상에 맞닿아 있는 그의 노력이 자연스러웠다.

김현준이 보여준 '일상 속 훈련'이 곧
가족들에겐 또 하나의 일상이었다.

"결혼하고 나서도 자기 다리를 만져보곤 조금 풀렸다 싶으면 집에서 나가 몇 바퀴 뛰고 왔어요. 근육 풀리면 안 된다고 그러는 거죠. 숫 쏘는 팔을 보호하기 위해서 애들도 항상 왼쪽으로 안고, 오른 발도 아꼈어요. 그리고 모처럼 하루 쉬는 것도 불안해했어요… 타고난 능력도 물론 있었죠. 가령, 남편 손 모양이 공 모양으로 파였어요. 공이 손에 탁 들어오게 생긴 거죠. 그런데, 제가 옆에서 봐도 남편은 정말 노력형이었어요."

_김정현

에피소드 3.
김현준 vs 이충희

메시냐 호날두냐, 전 세계 축구팬들은 이 해묵은 주제를 두고 여전히 싸우고 있다. 시계를 뒤로 돌려 1980년대로 돌아가보자. 당시 대한민국 농구를 뒤흔들던 두 명의 선수, 김현준과 이충희. 농구대잔치 통산 최다득점 기록을 보유한 건 김현준이지만, 사실상 기록을 가지고 두 선수를 비교하는 건 의미가 없다. 마치 프로야구 최다승을 보유하고 있는 투수는 송진우지만, 단순히 기록만으로 송진우를 최고 투수라고 말할 수 없는 것처럼. 현재 프로농구 최다 득점 기록 보유자는 서장훈이지만 기록만으로 서장훈을 최고 선수라고 말할 수는 없는 것처럼.

결과적으로 두 선수는 각자의 '결'과 '색깔'을 가지고 최고의 길을 걸어갔다. 두 선수 모두 천부적인 재능과 지독한 노력으로 농구에 삶을 던졌으며, 자신이 속한 팀을 최고의 자리에 올려놓았다. 〈전자슈터 김현준〉을 준비하며 인터뷰한 농구인들 모두, 두 선수 중 어느 한 선수의 손을 들어주지 않았다. 둘 다 최고의 선수였고, 스타일의 차이가 있을 뿐이라는 것이다.

현대전자 농구단에서 이충희를 지도했고, 후에 팀을 옮겨 '기아자동차'라는 거함을 이끌었던 농구인 방열은 두 선수를 이렇게 평가했다.
"두 선수 모두 그레이트 슈터, 굿 슈터, 그야말로 슛에 아주 천부적인 소질을 가졌죠. 그러나 이충희 선수와 김현준 선수의 차이를 설명하자면, 김현준 선수는 스탠딩에서 올라가면서 슛을 쏘는 선수고, 이충희는 체공권을 이용해 공중에 떠서 던지는 선수에요. 두 선수 모두 슈터지만 던지는 초점이 다르다는 거죠. 이충희는 솟아올라 정점에서 슛을 쏘는 선수고, 김현준은 올라가면서 슛을 던져버리는, 그러다보니 슛의 속도는 김현준이 빨라요. 그런데 이충희는 순발력이 빠른 선수죠.

던지는 걸 알고도 막을 수 없는 순발력 때문이에요. 김현준은 던지는 게 빠르니까 막을 수 없고… 어쨌거나 두 선수 모두 뛰어난 슈터에요.(웃음)"

삼성전자 농구단에서 김현준 선수를 지도했던 김인건 감독의 이야기를 옮겨 본다.

"현준이는 슛 타이밍이 빨라요. 또 워낙 슛이 좋으니까, 충희에게 절대 밀리지 않죠. 슛은 충희가 조금 낫고, 패스웍이나 드리블은 현준이가 조금 나은 것 같아요. 하여간 현준이나 충희나 실력이 막상막하라는 점에서 싸워볼만한 라이벌이죠."

문경은 감독에겐 김현준, 이충희, 그리고 허재까지 세 선수에 대해 물어보았다.

"현준이 형과 이충희 선배님을 비교하자면 서로 장단점이 있죠. 굳이 기술로 비유하면 넣는 재주는 현준이 형이 낫다고 봐요. 그러나 공격과 수비를 다 따지면 이충희 선배님이 좋다는 생각이 들어요. 사실 둘 다 훌륭한 선수죠. 허재 형은 공격, 수비, 어시스트 이런 게 모두 고르게 좋은, 100점 만점으로 치면 세 개 모두 85점은 되는 선수라고 봐요. 현준이 형은 슈팅 100점에 어시스트 70점, 뭐 이렇게 볼 수도 있겠죠."

그렇다면, 김현준 선수와 대학시절부터 삼성전자 농구단까지 함께한 이성훈 KBL 사무총장은 두 선수를 어떻게 바라볼까.

"이충희 선수를 보면 소위 점프 안 하는 슛도 정확하고 페이드 어웨이 슛도 정확해요. 김현준 선수 같은 경우는 뭐랄까, 좀 더 듀얼가드(정통 포인트가드 보다는 돌파와 득점에 조금 더 치중하는 가드)에 가까웠어요. 김현준 선수는 어시스트 능력도 갖추고 있었죠. 이충희 선수는 전형적인 스몰포워드였구요. 슛 정확도는 그래도 이충희 선수가 좀 더 낫다고 봐요. 전성시대를 보면 정말 귀신 같이 넣었으니까. 그러나 다른 기능으로 보면, 부가 기능은 김현준 선수가 더 있었다고 봐요. 드리블이나 어시스트 능력 같은 면을 봤을 때 그렇죠."

1993-1994시즌 농구대잔치 고려대와의 경기에서 수비수를 피해 슛을 날리는 김현준.
김현준과 전술적으로 궁합이 잘 맞았던 강을준(왼쪽에서 두 번째)의 스크린을 이용한 플레이.
이 시즌에 삼성전자는 8강에서 고려대학교를 무너뜨렸다.

1989-1990시즌 농구대잔치 기업은행과의 경기에서 점프슛을 쏘는 김현준.
김현준은 슛을 쏠 때 탄력이 뛰어난 편은 아니었다.

1992년 코리언리그 2차대회 경기 중
수비수를 앞에 두고 돌파할 공간을 찾고 있는 김현준.

1987-1988시즌 농구대잔치 기아산업과의 경기에서
수비수 한기범을 앞에 두고 돌파를 시도하고 있는 김현준.

1986-1987시즌 농구대잔치 기아산업과의 경기에서
최장신 센터 한기범을 피해 골밑슛을 시도하고 있는 김현준.

1989-1990시즌 농구대잔치 기업은행과의 경기에서
수비수들의 집중 견제를 받고 있는 김현준.
김현준에게 집중 견제는 흔한 일이었다.

1993-1994시즌 농구대잔치 올스타전에서 팬들에게 인사하고 있는 김현준.
김현준을 기준으로 왼쪽부터 조동기(중앙대), 서장훈(연세대), 전희철(고려대),
박재헌(고려대)이 선배 김현준을 지켜보고 있다.

1988-1989시즌 농구대잔치 3차대회에서
현대전자를 누르고 기뻐하는 삼성전자 선수들.

1983-1984시즌 농구대잔치 챔피언결정전(삼성전자 VS 현대전자) 경기 장면.
당시 신인이었던 김현준이 박종천(현대전자)의 수비를 피해 드리블하고 있다.

1987-1988시즌 농구대잔치 2차대회 삼성전자와 현대전자의 경기 중 모습.
경기가 과열되어 양 팀 선수들이 충돌하고 있다.
라이벌이었던 두 팀간의 경기에선 종종 벌어지는 일이었다.

1992-1993시즌 농구대잔치 연세대학교와의 경기에서 자유투를 쏘고 있는 김현준.
당시 연세대학교 2학년이었던 이상민(왼쪽에서 두 번째)의 모습이 인상적이다.

06

조화

필연적이지 않은 조화를 택하다

농구는 팀 스포츠다.

서로간의 존중심이 있어야만,
승리를 향해 간다.

'스포츠 스타'로 살아간다는 건 영광이다.
그러나, 그들의 관계 맺음은 만만치 않다.

스타로 살아간다는 건,
조금은 다른 호흡으로 살아간다는 걸 뜻하기 때문이다.

그들은 대학 때부터 대표팀에 수시로 차출 되어
동료 선수들과 공유하는 생활의 절대량이 줄어든다.

김현준 역시 대학 시절 대표팀 차출로 두세 달씩 합숙을 했다.
삼성전자에 입단한 후에도 그는 늘 대표팀 선수였다.

누군가는 '스타의식'이라는 늪에 빠지기도 한다.

'스타가 될 수밖에 없는 실력'에 비해,
인성은 저 멀리 처져있기도 하다.

김현준은 '스타의식' 없이 스타로 살아갔다.
적(敵)을 두지 않으며 코트 위를 누볐다.

"현준이 형은 좀 시골 형님 아저씨 스타일이었어요. 플레이어로서는 확실한 에이스잖아요. 그래도 스타 티를 같은 건 일절 안 냈어요. 적어도 제가 보기엔 단 한 번도 그랬던 적이 없어요. 저희하고 있을 때도 '내가 스타인데…'라는 느낌을 주면서 후배한테 거들먹거리거나, 그런 게 전혀 없었죠."

_**강을준** 감독

스타의식

어렸을 때부터 농구 실력이 뛰어나 주목을 받은 선수들은 '스타'로 살아가게 된다. 그들이 아무리 원하지 않아도 언론은 그들을 주목하고 그들에게 과도한 찬사를 보내기도 한다. 그렇게 '스타'로 살아가는 선수들 중 일부는 은퇴 후 자신에게 주어지는 새로운 변화(언론의 관심이 급격히 줄어드는)에 적응하지 못한 채 변함없는 '스타의식'으로 살아가기도 한다. 그래서 농구계에서는 '은퇴 후 얼마나 빨리 고개 숙여 인사를 할 수 있느냐'가 은퇴 후 성공의 중요한 기준으로 여겨지기도 한다.

그의 농구가 만개했을 때,
그러니까 그의 영향력이 대단했을 때도
그는 자신의 자리를 알고 있었다.

그의 영향력을 관계에 끌고 들어오지 않았다.

그는 실력으로 거머쥔 '힘'을 가지고,
팀을 장악하려 하지 않았다.

다만, 실력에서 생겨난 아우라를 가지고
좋은 이야기를 해주려고 애썼다.

그의 전성기와 그 후의 시간을 가까이서 지켜본 후배들은,
그를 두고 '너무 아까운 선배'라 이야기한다.

"우리 남편은 자기 후배들을 엄청 챙겼어요. 덕분에 종종 집에서 술상을 차려야 했죠. 밖에 나가서도 했지만, 밖에 나가면 자기가 불안했을 거예요.(웃음) 모처럼 쉬는 날, 애들하고도 안 놀아주면 괜히 불안하고 그러니까 모든 후배들을 다 끌고 집에 오는 걸 좋아했어요."

_김정현

김현준의 후배들

김현준의 아내 김정현은 남편이 세상을 떠난 후 자연스럽게 농구계와는 연락을 줄이며 살아왔다. 그건 지극히 자연스러우면서도, 그래야만 하는 일이었다. 그녀는 〈전자슈터 김현준〉 집필을 위해 진행된 인터뷰 중, 남편이 아꼈던 후배들의 근황을 궁금해 했다. 김현준이 아꼈던 후배들은 그녀에게도 '친동생' 같은 느낌이었다.

아무리 스타여도,
안티팬이 많은 선수가 있다.

김현준은 그와는 다른 유형의 선수였다.
팬들도 그를 무난하게 좋아했다.

무엇보다 그는
가까운 동료에게 인정받는 선수였다.

관계의 강약(强弱)을 조절할 줄 알았던 그는,
코트와 사석에서 자신의 역할을 정확히 인지하고 있었다.

그를 따랐던 후배도
그와 함께한 동료도
그를 지도한 코치도
그가 보여준 절묘한 강약 조절을 좋아했다.

"후배들이 현준이 형을 많이 따랐죠. 부드러운 스타일이었어요. 물론 대인관계도 좋았구요. 1년 후배인 저한테도 이런저런 의논을 많이 했어요. 후배들과의 자리도 많이 만들었고, 뭐 가령 간식 같은 걸 할 수 있는 자리를 만들었어요. 그냥 농담하며 떠드는 그런 자리였죠. 또 그러면서도 강하게 끌고 가야 할 때나 위기일 때는 악역을 자처하기도 했어요. 물론, 저랑 가끔 대립이 있기도 했어요.(웃음) 그런데 그건 개인적인 관계는 아니고 팀을 위해서 생기는 대립이었죠. 저하고는 워낙 친구처럼 지냈어요. 돌아보면, 현준이 형은 참 따뜻한 사람이었다는 생각이 들어요."

_김 진 감독

그가 조화를 이루는 방식은, 명쾌했다.

공동체,
그리고 솔선수범.

이 두 가지를 통해 '조화'라는
쉽지 않은 길을 만들어갔다.

'함께 가야 함'을 강조했고,
말한대로 살아내려고 애썼다.

자신이 할 수 있다고 생각되는 선에서는,
'적극적으로' 조화를 만들어갔다.

"제가 대표팀에 들어갔을 때 김현준 선배님이 제일 고참이었어요. 그리고 솔선수 범하면서, 본인이 나서야 할 땐 적극적으로 나서면서 후배들이 따라올 수 있도록 적극적으로 움직이셨던 기억이 있어요. 숏 욕심은, 많으셨죠.(웃음)"

_**이호근** 감독

이호근 감독

삼성전자 농구단의 영원한 라이벌 현대전자 농구단에서 1988년부터 1995년까지 활약한 이호근 감독은 김현준과는 태능에서 국가대표로 인연을 맺었다. 그는 은퇴 후 주로 여자 농구 지도자로 활약하며 프로농구와 아마농구를 넘나들었다. 현재 숭의여고 감독으로 아 마농구의 발전을 위해 노력하고 있다. 프로농구 삼성썬더스 이동엽, 그리고 삼성생명 블 루밍스 이민지의 아버지이기도 하다.

그의 조화로움은 멀리 뻗어갔다.

자신의 농구 여정에 소중했던 존재들이라면,
기억하고 찾아가려고 애썼다.

그것은 김현준 특유의
'여유'에서 비롯된 발걸음이었다.

그의 농구를 잉태했던 곳으로 찾아가
후배들을 격려하고 자부심을 심어주었다.

"현준이는 후배, 선배 모두 잘 챙겼어요. 한번은 제가 군대 갔다가 휴가 나왔을 때 현준이한테 연락이 왔어요. 그렇게 연락해서 선후배들 불러서 대접도 하고… 나중에 삼성전자 농구단에 입단한 뒤에도 학교 축제가 있으면 현준이랑 원우가 같이 와서 후배들한테 선물도 주고… 열성적으로 챙겼어요. 만약 현준이가 살아있다면, 감독도 하고 이 모양 저 모양으로 모교에도 많은 도움을 줬을 거예요. 그리고 사실 다들 현준이처럼 후배들을 챙기는 건 아니거든요."

_**장덕영** 선생

잡기에 능한 것도 한몫했다.

뭘 해도 금방 배우고 즐길 줄 알았던 그는,
'재미'의 맛을 알았다.

농구 코트를 벗어나면,
농구 아닌 것들로도 재미를 찾아갔다.

농구를 중심에 두었지만,
소소한 즐거움을 위한 루트는 다양했다.

이것 역시
그가 맺어간 조화로움의 한 비결이었다.

"당구, 탁구 골프, 하여간 현준이 형은 잡기에 능했어요. 대표팀에 뽑혀서 태능에
갔는데 저 같은 경우는 오전에 운동하고 1-2시간 쉬다가 가야 하는데, 현준이 형
은 원체 잠이 없으니까 안 자요. 저한테 바둑알로 오목을 두자고 하는 거죠. 같이
고스톱 치고 저한테 카드도 가르쳐 주고… 물론, 그야말로 취미 수준으로 즐겼죠.
이 형은 잠을 안 재웠어요.(웃음) 그렇게 현준이 형에게 이것저것 배우다가 삼성
전자 농구단에 입단하고 나서는 같이 또 그렇게 당구를 쳤어요. 형이 저에게 '너
당구 몇 쳐?' 묻더라고요. 제가 당구를 좀 쳤거든요. 그렇게 형이랑 놀면서 저도
잡기에 능해지는 거죠. 현준이 형은 당구 300치고 저는 200에서 250을 쳤어요.
그러니까 얼마나 재밌었겠어요."

_**문경은** 감독

그가 이룬 게 조화였는지 아닌지
그것의 가장 커다란 증거가 있다면…

그가 사랑받았다는 사실이다.

가슴 아픈 사건을 통해,
한 존재의 진가(眞價)는 드러나게 되어 있다.

그와 함께했던 선후배들은 여전히 그를 추억한다.

기억이 아니라 추억하는 건,
그가 이뤄낸 '조화' 덕분이다.

"현준이가 그렇게 세상을 떠난 건 삼성전자 농구단 전체에 큰 충격이었죠. 운동도 참 잘했고… 현준이 자체로서 선배가 현준이를 봤을 때나 후배들이 현준이를 봤을 때 '인간적인 김현준의 훌륭한 면'도 아쉬워했고… 한동안 삼성 농구단 전체가 큰 슬픔에 빠졌었어요. 현준이를 위해서 무언가 할 수 있는 게 없을까 고민을 참 많이 했어요."

_진효준 감독

에피소드 4.
문경은

광신중-광신상고-연세대-삼성전자 농구단에 이르기까지, 선배 김현준이 걸어 갔던 모든 길을, 문경은 감독은 동일하게 걸어갔다. 김현준이 1960년생이고 문경 은이 1971년생이니, 둘 사이에는 11년의 시간차가 존재한다.

김현준과 문경, 이들의 사이가 워낙 각별했던 만큼 김현준이 세상을 떠난 후 김현준의 아내 김정현은 문경은 감독을 만나고 싶어 하지 않았다. 문경은을 보면 남편 생각이 날 수밖에 없었기 때문이다.

인터뷰를 위해 2018년 1월에 만난 문경은은 그 날의 느낌을 생생히 기억했다. "딱 요 맘 때인 것 같아요. 아침 11시… 몸 풀고 있는데, 매니저가 막 뛰어오더 니… 그러곤 김동광 감독님이 '야, 현준이가 죽었대…' 그러시더라고요…"

20년 가까이 지난 그 날 일을 떠올리던 문경은 감독은, 마음에서 끓어오르는 그 무언가가 올라오는 표정이었다. 그와 김현준의 인연은 35년 전으로 거슬러 올 라간다.
"광신중학교 시절 연습하고 있으면 현준이 형이 와서 국가대표팀 유니폼도 주 고 그랬어요. 중학교 때 유니폼에 태극기가 붙은 걸 보니 신기하기도 했고, '저 사 람이 김현준이구나. 저 사람처럼 되어야겠다' 생각했죠. 그 후 고등학교 땐가 그 때 학교에 놀러오셨는데 제 기억으론 저를 가리키며 '얘가 좀 하는 앤가?'라면서 말을 시키셨던 것 같아요. 그때는 '안녕하세요, 예!' 정도밖에 이야기를 못했죠.(웃음)"

문경은 감독을 상징하는 단 하나의 키워드는 역시나 '슈팅'이다. 그런 문경은 감독도 혀를 내두를 수밖에 없는 것이 바로 김현준의 슛 감(感)이었다.

"현준이 형이 백보드 슛을 가르쳐줬어요. 제가 선수 시절 내내 백보드 슛을 쏜 건 현준이 형 영향이 컸죠. 대학 때까지는 멀리서 3점슛을 주로 쐈는데, 제가 스핀양이 많거든요. 슈팅 선(線)이 낮은 편이고. 멀리서 던지다가 자유투를 쏘면 3점슛보다 감 잡기가 어렵더라고요. 물론 성공률이 80%는 넘었어요. 삼성전자 농구단에 입단해서 현준이 형을 보니까, 형은 슛을 쏠 때 스핀 양이 거의 없더라고요 그리고 백보드 슛을 쏘는데 힘을 잘 죽여 쏘기도 하고. 100개를 쏘면 98-99개는 들어갈 정도였어요."

김현준은 연습 외의 시간에도 문경은과 함께 있는 걸 즐거워했다. 물론 문경은 11년 대선배와 같이 있는 게 그리 편치만은 않았을 거다. 문경은은 김현준과의 추억을 떠올리며 목소리를 높였다.

"현준이 형은 당구, 탁구, 골프까지 하여간 잡기에 능했어요. 국가대표팀으로 태릉에 들어갔을 때, 나는 오전에 운동하고 1-2시간 쉬다가 오후 운동을 가고 싶었거든요. 그런데 현준이 형은 잠이 없으니까 낮잠을 안 자요. 저한테 바둑알로 오목을 두자고 하는 거예요. 노느라고 잠을 안 재울 정도였어요."

문경은은 선배 김현준을 두고 '농구를 참 쉽게 쉽게 했던 선수', '모든 플레이가 참 정확했던 선수'라고 표현했다. 물 흐르듯, 자신이 해야 하는 플레이를 정확하게 해냈던 김현준은 문경은에게 멘토 그 이상의 존재였다

문경은은 선배 김현준이 세상을 떠난 뒤에도 늘 김현준이라는 이름 석자를 가슴에 품고 뛰었다. 김현준이라는 이름은 문경은 감독에게 '어떠한 지향점' 혹은 '아련한 추억'이었기 때문이다. 그는 올해 4월 18일, 프로농구 챔피언 결정전 우승을 차지했던 날, 다시 한 번 선배 김현준을 떠올렸다. '현준이 형이 저 하늘나라에서 나를 보며 대견해 하시겠구나…'라는 생각과 함께.

1984-1985시즌 농구대잔치에서 우승을 차지한 후.
당시 MVP를 차지했던 임정명(왼쪽에서 첫 번째).
실업 2년차로 팀에서는 거의 막내에 가까웠던 김현준(앞줄 왼쪽에서 두 번째).

삼성전자가 우승을 차지했던 1987-1988시즌 농구대잔치.
경기 중 잠시 벤치에 들어와 숨을 고르고 있는 김현준(왼쪽에서 6번째).

1984-1985시즌 농구대잔치에서 우승을 차지한 삼성전자.
당시 신인이었던 김진(앞줄 오른쪽에서 첫 번째)과
팀 내 최고참이었던 진효준(앞줄 오른쪽에서 두 번째),
신동찬(앞줄 오른쪽에서 세 번째), 박인규(뒷줄 왼쪽에서 두 번째).
훗날 삼성썬더스의 지휘봉을 잡아서 우승을 차지했던
안준호(앞줄 왼쪽에서 네 번째)도 눈에 띈다.

1990년 코리안리그 2차대회에서 우승을 차지한 삼성전자.
삼성전자 선수로 활약하다 은퇴 후 주무로 활동하던
전창진(뒷줄 오른쪽에서 다섯 번째)의 모습이 인상적이다.
주무는 선수단 운영에 필요한 다양한 업무를 담당하는 자리였다.

1992년 코리언리그 2차대회에서 우승을 차지한 삼성전자.
김현준(앞줄 오른쪽에서 첫 번째)이 최고참으로 팀을 이끌던 시기.

김현준의 후배 김진은 이야기한다.
"현준이 형은 연습할 때도 분위기를 무겁게 가져가질 않았어요.
연습도 즐거운 분위기로 하는 편이었죠."

연습 경기를 위해 팀을 나누고 있는 삼성전자 선수들의 유쾌한 모습.

국가대표로 국제대회에 참석하여 같은 소속팀 선수들과 기념촬영을 하는 김현준.
대한민국 농구의 '대모'였던 故윤덕주 여사(왼쪽에서 두 번째)가 눈에 띈다.
윤덕주 여사는 2007년 국제농구연맹(FIBA) 명예의 전당에 이름이 헌액되기도 했다.

미국으로 전지훈련을 떠난 삼성전자 농구단 선수들.
당시 한인이 운영하던 식당에서 식사를 하기 전 모습.

83, 점보시리즈, 챔피온결정전,
1984. 3. 1 — 3

1983-1984시즌 농구대잔치 챔피언 결정전 현대전자와의 경기를 앞두고
선수들 사이에서 전운(戰雲)이 감돈다. 당시 신인 김현준(오른쪽에서 세 번째).

2018년 6월 2일에 있었던 삼성OB과 현대OB의 정기OB전. 접전 끝에 삼성OB가 승리했다.
즐기는 듯 진행된 경기는 막판이 되자 불꽃 튀는 분위기로 가득 찼다. 현대OB는 경기 내내
"이규섭(왼쪽에서 첫 번째)이 뛰는 게 말이 되냐"며 삼성OB에게 이의를 제기했다.

삼성OB와 현대OB의 정기OB전을 기념하며.
한국농구의 원로 농구인(둘째 줄 왼쪽 다섯 번째부터 차례대로) 김인건, 방 열,
이인표, 조승연 감독. 김현준의 부재가 못내 아쉬웠던 자리였다.

삼성전자 농구단의 창단 감독이자 삼성전자 농구단의
'대부'와도 같은 농구인 이인표. 그는 정기OB전을 앞두고
"정치인들은 맨날 싸우는데 여러분이 이렇게 정기적으로
만나는 건 정말 의미가 있다"며 양팀 OB들을 격려했다.

07

절제

전장戰場에서 인내하다

'농구 코트'라는 전장에서 벌어지는,
사나이들의 혈투.

그 가운데 '나'를 잃지 않았던,

농구 선수 김현준.

코트에서 감정을 여과 없이 쏟아내는 선수.
코트에서 감정을 다스리며 활약하는 선수.

김현준은 분명, 후자였다.
그에겐 철학이 있었다.

누군가의 도발에 같은 온도로 반응하는 건,
멍청한 짓이라고 여겼다.

때론 개념 없는 수비로 당황스럽기도 했다.
그는 거의 항상 '삭히는 편'을 택했다.

그의 선택은 옳았지만,
그를 아끼는 가족들은 그의 절제를 답답해하기도 했다.

"제가 남편을 혼내기도 했어요. '왜 맞고 가만있느냐'고, '후배가 얼굴에 침 뱉는데도 왜 가만있느냐'고 혼냈죠. 그러면 남편은 '난 똑같은 사람이 되기 싫다'고 했어요. 그런데 돌이켜보면 그게 맞는 거예요. 흥분하면 자기가 못 넣고 손해 보는 거잖아요. 수비하는 선수들은 그걸 노리는 거니까⋯ 심지어 욕하는 수비수도 있다고 하더라고요. '해봐 새끼야, 해봐 새끼야, 너 못하지 못하지?' 이런 식으로⋯ 제가 들어도 좀 그런데, 평정을 유지하려면 얼마나 힘들었겠어요."

_김정현

김현준의 플레이

〈전자슈터 김현준〉집필을 위해 만난 농구인 중 한 명은 웃으며 말했다. "현준이 형도 그렇게 플레이가 깨끗하기만 한 건 아니었어요"라고⋯ 필자가 "김현준 선수가 거친 수비로 늘 고생했다"는 식으로 말하자 날아온 짓궂은 대꾸였다.

사실 그건 에이스의 비애이기도 하며,
슈퍼스타에게 놓인 십자가다.

에이스를 막기 위해서라면,
눈에 슬쩍 멘소래담까지 바르던 시절.

김현준은 온갖 질척거리는 수비를 뚫어내야 했다.

김현준을 지키고 싶은 후배들이
그를 수비하는 선수들에게 달려들기도 했다.

결국, 그가 할 수 있는 최고의 절제는
'수비수를 떼어내는' 것이었다.

특유의 타이밍으로 수비를 벗겨내며
절제의 미를 살려갔다.

"현준이요? 지금도 난 현준이 생각하면 그 놈 때문에 졌던 것만 생각나죠. 그 놈 때문에 우리가 졌잖아요.(웃음) 김현준…참 훌륭한 선수였어요."

_**방 열** 감독

방 열 감독

농구대잔치 시절 삼성전자 농구단의 라이벌 현대전자의 감독이었던 방열. 삼성전자 김인건 감독과 치열한 지략 대결을 펼쳤던 그는 현대전자 감독을 거쳐 기아산업 감독을 맡으며 '기아 왕조'를 일구기도 했다. 1988년 서울올림픽에서는 국가대표 감독을 맡았던 농구인 방열은 코트를 뛰어넘어 대학에서도 학생들을 가르치며 다양한 영역에서 영향력을 끼쳤다. 2018년 6월 2일에 인터뷰를 위해 만난 그는 나이를 무색하게 할 만큼 단정하고 정정한 모습이었다. 목소리 역시 무척이나 힘찼다.

삼성OB와 현대OB의 정기OB전을 앞두고
격려의 메시지를 전달하고 있는 농구인 방 열.

절제에 능한 그였지만,
승부욕으로 충만했다.

한번은 코치에게 격한 감정을 토해냈다.
"저 자식은 도대체가 막기가 어렵다"는 거였다.

그에게 다가오는 수비야 벗겨내면 되지만,
누군가를 막아야 할 때 그의 승부욕은 활활 타올랐다.

절제가 어려운 순간은,
때론 공격보다 수비였다.

무엇보다,
팀이 패배를 향해 가는 순간이야말로
그에겐 가장 절제하기 힘든 순간이었을 거다.

"현준이 형, 승부욕이 굉장히 세요. 그래서 가끔은 선배들 중에 현준이 형을 보며 '욕심이 너무 많은 거 아냐?' 하는 형들도 있었어요 사실… 저 정도 했으면 양보하고 그래야 하는데 욕심 부리는 거 아니냐는 선배들도 있었죠. 저랑 같이 삼성전자에 입단한 승기가 포인트가드를 볼 때 누구에게 줄지 애매했을 거예요. 나도 종착역이고, 현준이 형도 종착역이었으니까.(웃음)"

_문경은 감독

김승기

안양 KGC인삼공사 감독 김승기. 농구팬들은 1993-1994시즌 농구대잔치 때 불어온 연세대학교의 돌풍을 선명히 기억하지만, 중앙대학교의 돌풍은 잘 기억하지 못한다. 농구대잔치 토너먼트 8강에서 당시 농구대잔치 6연패에 도전하던 기아자동차를 무너뜨린 건 다름 아닌 중앙대였다. 1993-1994시즌 홍사봉-김승기-김영만-양경민-조동기로 이어졌던 중앙대의 라인업은 팬들의 관심에 비해 상당히 알차고 탄탄했다. 당시 중앙대학교 4학년이었던 김승기는 중앙대를 이끌며 기아자동차를 격침시키는 데 앞장섰다. 졸업 후 그는 문경은과 함께 삼성전자에 입단했다.

코트 위 절제,
생활 속 절제.

이 둘은 같이 간다.

생활 속 절제가
코트로 이어진다.

그 역은, 성립하지 않는다.

김현준은 생활 속에서 절제를 해낼 줄 알았다.
그저 그것이 코트로 이어진 것이었다.

"현준이는 술을 좋아했지만, 폭음을 하거나 그런 선수는 아니었어요. 상당히 절제가 강했죠. 술자리를 끝내야 할 때는 딱 끝냈어요. 그리고 바로 자러 갔죠. 다음을 위해서 이 정도 이상 마시는 건 안 된다는 식으로 절제를 했죠. 맥주 한 잔 마시고서 '아, 게임이 내일 몇 시에 있지' 싶으면 자고… 중요한 경기 있으면 '딱 한 병만 마시고 자면 안 돼요?'라는 식으로 묻곤 했어요. 가령, 현대전자랑 중요한 경기가 있으면, '한 병 마시면 푹 잘 거 같은데?'라고 해요. 그러면 정말 딱 한 병 마셔요. 그리고 잘 자요.(웃음)"

_진효준 감독

그의 절제는 타고난 성품일 수도 있다.
그러나, 단지 그 뿐만은 아니었다.

그가 거머쥔 행운이 있었다면,
농구를 시작하며 좋은 선생을 만났다는 거다.

김현준 농구의 기초가 되어준 청소년 시절,
그는 농구 너머 더 넓은 것들을 배웠다.

'농구에 인생을 거는 삶'을 택한 그였지만,
세상과 조화를 이루는 법을 배울 수 있었다.

그건 분명 그에게 주어진 행운이었다.

"지금은 돌아가셨지만, 현준이를 가르치셨던 감독님은 시험 10일 전부터는 운동을 안 시켰어요. 성적이 나쁘면 혼내고… 운동만 시키신 게 아니라 한 명의 사회인으로서 잘 살아갈 수 있도록 기초를 닦아준 셈이죠. 그런 여러 가지 면들이 어우러져 현준이도 농구를 오래 할 수 있지 않았을까 싶어요. 성실함을 비롯하여 정신적인 부분은 중고등학교 때 받았던 교육이 자연스럽게 몸에 배었을 거예요. 인성이 바르게 형성되면서 운동도 하게 되는, 그게 당시 광신중, 광신상고가 지향했던 교육 방향이었으니까요."

_**장덕영** 선생

광신상고(현 광신정보산업 고등학교)

광신중, 광신상고 시절 김현준을 지도했던 故한춘택 선생은 농구 뿐 아니라 학업을 중시하는 깨어있는 지도자였다. 그는 열악했던 농구팀 운영을 위해 사비를 털어 물심양면으로 후원하고, 제자들이 올바른 인성을 기를 수 있도록 '교육'에 힘썼다. 故한춘택 선생의 뒤를 이어 부임한 장덕영 선생(현 광신정산고 교장) 역시 선수들의 인성과 학업이 올바르게 성장할 수 있도록 힘을 쏟았다. 이러한 교육은 학교의 전통이 되어 지금도 이어지고 있다.

08

균형

두 개의 숙명을 거머쥐다

삶은 치열하고,
선택이 요구된다.

'양자택일'의 유혹을 거부했던,

김현준의 도전.

선수에겐 보통 두 개의 숙명이 주어진다.

선수로서의 숙명, 그리고
가족 구성원으로서의 숙명.

두 개의 숙명 모두에 충실하려는 건,
욕심일지도 모른다.

'농구인'으로 기억되는 대다수의 선수들은
'선수'라는 숙명에 좀 더 집중하는 편이다.

김현준은 다른 길을 걸었다.
그는 두 개의 숙명 모두를 향해 몸을 던졌다.

서로 다른 두 영역에서 동시에 인정받았던,
보기 드문 케이스였다.

"현준이 형은 굉장히 가정적이었어요. 가정에 대한 마음이 항상 있었죠. 아무래도 농구 선수로 살다보니 맨날 나와 있으니까, 자기는 죄인이라는 생각을 늘 했어요. 그래서 운동 외적인 시간은 가정에 집중했죠."

_**김 진** 감독

그의 일상에 농구가 함께 했듯,
그의 농구에 일상이 함께 했다.

연습장에 갈 때 두 딸이 함께하곤 했다.

그럼에도 시간의 절대량은 늘 아쉬웠다.

그가 택한 방법은,
농구공을 잡고 있는 시간이든
가족과 함께하는 시간이든
총력을 기울여 집중하는 것이었다.

"아빠는 정말 유난스러운 성격이었어요. 한 마디로 딸 바보였죠. 언젠가 제가 넘어지자 얼마나 아픈지 본다며 똑같이 넘어질 정도였어요. 아빠랑 같이 농구 연습장도 자주 따라갔어요. 가서 지켜보고만 있으면 심심하니까 농구장 구석구석을 돌아다녔죠. 그래서 당시 수지 연습장을 그리라고 하면 지금도 그릴 수 있을 정도에요. 그리고 아빠가 운동 선수다보니 제 친구들의 아빠보다 키가 크잖아요. 맨날 아빠한테 시간되면 학교나 학원에 오라고 했어요. 아빠가 시간 날 때마다 와서 친구들이 보는 데서 저를 무등 태워서 집에 가고… 저는 그게 너무 좋았어요."

_김현준의 장녀 **김세희**

문경은의 장난기

가끔 선수단 버스에 타는 행운(?)을 누리기도 했던 김현준의 장녀 김세희는 어릴 적 추억을 털어놓았다. "가끔 문경은 선수가 아빠한테 '장인어른'이라고 부르며 장난을 치곤 했어요. 그러다가 아빠한테 호되게 혼나기도 했죠…"(웃음)

중요한 건 그가,
단순히 두 개의 숙명을 택했다는 게 아니다.

지극히 심플하게,
두 가지 영역에 집중하며 살았다는 거다.

농구,
가족.

농구와 가족밖에 모르는 덕분에
여기저기 기웃거리지 않을 수 있었다.

이건 생각처럼 쉬운 일이 아니다.

"현준이는 단체 훈련을 하기 전에 개인 연습을 아주 집중해서 미리 하곤 했어요. 보통 단체 훈련을 하고 나서 개인 훈련을 하거든요. 그런데 현준이는 가족들과 보내는 시간을 아주 중요시했기 때문에 개인 훈련을 단체 훈련 전에 한 거죠. 그래야 단체 훈련을 마치고 바로 가족들에게 갈 수 있으니까요."

_**진효준** 감독

김현준과 진효준

현역시절 김현준은 코치 진효준과 같은 아파트 단지에 살았다. 가끔 두 가족은 식사도 함께하곤 했는데, 공교롭게도 양쪽 다 딸 둘을 자녀로 두고 있었다. 김현준은 가끔 진효준을 불렀다. "형 오늘 아구찜 어때요? 내려와요"

그럼에도 불구하고 경중(輕重)을 가리자면,
그에겐 '가족'이란 숙명이 훨씬 소중했다.

찰나의 순간, 생(生)에서 사(死)로 넘어가는 순간
'남겨질 가족'으로 인해 아팠을 것이다…

"(김현준이 세상을 떠난 뒤) 현준이의 두 딸이 아빠가 너무 보고 싶어 힘들어한다는 이야기를 들으면 참 안쓰러웠죠… 그래서 현준이가 세상을 떠났던 그 해(1999년) 12월 크리스마스 전, 12월 20일경에 보름 정도 일정으로 여행을 권유했어요. 그때 현준이 가족과 저희 가족이 함께 미국으로 여행을 다녀왔어요. 저는 같이 가지 않았구요. 저희 집 세 명(진효준 감독의 아내와 두 딸)과 현준이 가족 세 명(아내, 그리고 두 딸)이 함께 미국 서부 쪽을 여행했죠."

_진효준 감독

에피소드 5.

인간 김현준

#1

김현준과 10년이 넘게 삼성전자 농구단에서 함께한 김 진의 이야기.

"이 형은 스타일이 왜 이래? 할 정도로 느낌이 복고풍이었어요. 당시에 술 한잔 하면 좋아하는 음악이 있었어요. 꼭, 나훈아, 그런 노래를 좋아했죠. 트로트… 자기차에도 그런 테이프를 갖다 놓고 즐겨 들었어요."

그는 김현준이란 존재를 이렇게 정의내렸다.

"플레이는 계산적으로 했지만, 삶은 정말 아날로그였던 형이죠…"

#2

장녀 김세희에게 아빠가 좋아했던 음식을 물었다.

"저희 아빠는, 저랑 식성이 거의 똑같은데… 삼겹살에 소주 한잔, 두부 김치 제일좋아했어요. 선지 해장국도 자주 먹었구요…"

#3

김현준의 아내 김정현과 인터뷰를 진행하며 자연스럽게 김현준과의 연애 시절 이야기를 물었다. 물론, '연애 시절 이야기'가 주된 주제는 아니었다. 그녀가 털어놓는 김현준에 관한 이야기는 흥미로웠다. 코트에서 보여주는 김현준의 모습과는 '결'이 달라보였기 때문이다.

"제가 남편을 보고 처음에 반한 게 너무 노래를 잘해서였어요. 그렇게 센티하게 부르더라고요. 그 분위기에 반했죠. 저희 딸들도 남편이 노래 부르는 모습을 많이 봤어요. '갈무리', '칠갑산' 그런 노래들을 좋아했어요. (중략)

저 처음 만났을 때는 별명이 '제비'였어요. 저 대학교 2학년, 남편 대학교 4학년 때 만났는데 기지 바지를 입고 있는데 뭐랄까… 스타일이 좀 늙어보였어요. 허벅지가 두꺼워서 청바지는 입을 수가 없었죠. 기지 바지에 얇은 남방. 패션이 좀 희안하더라고요. 그 다음부터는 제가 코디를 좀 해줬죠. 청바지를 이렇게, 티셔츠는 이렇게. 또 저희 남편이 착해서 하라는 대로 다 했어요. 그렇게 해서 만들어갔죠.(웃음)

남편은 분위기도 좀 있었어요. 당시 그냥 가볍게 만나는 친구는 많았는데, 유독 남편에게 매력을 느낀 건 뭐랄까… 약간 우울한 분위기? 살짝 글루미한 분위기가 있었어요. 맥주 한잔 먹으면 별로 말도 없어요. 되게 내성적이었어요. 그런 남자를 처음 만났죠. 거기서 매력을 많이 느꼈어요."

아빠 김현준이 장녀 김세희 양을 위해 특별히 제작한 삼성전자 유니폼.
유별난 '딸 바보'였던 아빠 김현준.

장녀 김세희 양과 몸을 흔들며 즐거운 시간을 보내고 있는 아빠 김현준.

김현준 인생의 중심은 늘, 가족이었다.

09
상상
감독 김현준을 상상하다

훌륭한 선수가 곧,
훌륭한 감독이 되는 건 아니다.

많은 변수 가운데 놓여 있는,

'감독'이란 직(職).

상상은 슬픔이다.

그럼에도 상상한다.

"만약, 만약, 김현준이 살아있다면,
감독 김현준은 어떠했을까"라는 상상.

감독의 길은 선수의 길보다
예측하기 어렵다.

훌륭한 선수 중 대다수가 '감독의 길'에서 미끄러졌다.
'선수의 길'보다도 많은 변수가 작용하는 게 바로
'감독의 길'이기 때문이다.

그럼에도 불구하고 그를 가르쳤던 코치나 감독,
그와 함께했던 동료 선수들,
그리고 그가 가르쳤던 선수들은 이구동성으로 말한다.

아마도,
'좋은 감독'이 됐을 거라고…

"김현준 코치님과 함께했던 1년은 저에겐 정말 강렬했던 1년이었어요. 매일 야간에 나와서 1대1로 교육 받고 그랬거든요. 만약 코치님이 조금 더 계셨으면 슛에 더 빨리 눈을 뜨지 않았을까 싶어요. 그리고 그런 거 있잖아요, 일종의 감 같은 거. 김현준 코치님을 보면 '아, 저 분은 그냥 코치를 하실 분이 아니라 감독을 해서 명장이 되실 분이구나' 싶었어요."

_주희정 코치

주희정 코치

2017년 5월 프로농구 코트를 떠난 주희정은 통산 최대 어시스트 기록(5,381개)을 보유하고 있는 프로농구 레전드다. 프로팀 원주 나래에서 수원 삼성으로 팀을 옮기면서 코치 김현준을 만났던 주희정은 "만약 김현준 코치님이 더 계셔서 저를 지도해주셨으면 '주희정은 반쪽짜리 선수'라는 식의 기사가 안 나오지 않았을까 싶어요"라며 김현준 코치와의 '갑작스러웠던' 이별을 뼈아파했다. 그는 인터뷰 내내 "김현준 코치님은 감독을 하셨어도 정말 잘 하셨을 거예요"라며 김현준이 갖고 있던 지도력과 인품을 높이 평가했다.

그에게 존재했던 행운은,
좋은 지도자를 만난 것이었다.

그의 농구가 시작되었을 때부터
그의 농구가 무르익고
마침내 열매를 맺었을 때까지,
그의 곁엔 좋은 지도자가 있었다.

그가 양질의 가르침으로 최고의 자리에 올랐듯,
그 역시 좋은 가르침을 주고 싶어 했다.

무엇보다 그는 선수를 키우는 '즐거움'을 알고 있었다.

"주희정 선수가 삼성에 오자마자 남편이 그랬어요. '쟤는 재목으로 키울 수 있다' 라고. 주희정 선수를 남편이 참 예뻐했죠. 솔직히 유명한 선수들은 유명한 감독이 되기 어렵잖아요. 오히려 선수 시절 그리 뛰어나진 않았어도, 그런 선수들이 감독 이 되면 선수들의 마음을 잘 이해해주기도 하고…"

_김정현

스타 선수와 '명장'의 함수 관계

유재학 감독과 위성우 감독은 현재 남녀 프로농구 최고의 지도자로 꼽힌다. 유재학 감독 과 달리 위성우 감독은 현역시절 '스타'와는 거리가 먼 선수였다. 그러나 그를 지도했던 감독들은 그가 "매우 성실했다"고 입을 모아 증언한다. 유재학 감독과 더불어 또 한 명의 명장으로 꼽히는 추일승 감독(고양 오리온스) 역시 현역 시절 '스타'와는 거리가 멀었다.

그의 철학은 '함께 가는 것'이었다.

인간적인 호불호가 있을지언정,
코치로서 그것들을 표출하진 않았다.

규율에 있어서 그는 엄격했다.

누군가는 그를 두고
"진짜 삼성맨"이라 표현했다.

"선후배 관계를 아주 중요시하셨어요. 그게 어긋나면 안 된다고 보셨죠. 그런 면에서는 상당히 보수적이셨어요. 그리고 특정 선수하고의 친밀한 대화가 아니라, 모두를 다 안고 가는 스타일이셨죠. 선수 한 명만 틀어져도 다 잘못 된 거라고 생각하셨어요. 반대로 선수 한 명이 잘 되면 다 잘 된 거라고 하는 스타일이셨죠."

_주희정 코치

삼성썬더스 농구단의 분위기

당시 원주 나래에서 수원 삼성으로 팀을 옮겼던 주희정은 "나래에 비하면 삼성은 팀 분위기가 엄격한 편"이었다고 이야기했다. 여러 이유가 있을 수 있지만, 오랜 기간 이어져온 팀과 신생팀 특유의 분위기 차이였을 가능성이 크다.

또 하나의 철학이 있다면,
'맞춤형 교육'이었다.

함께 가야 한다고 믿었지만,
각자의 '결'을 인정하려고 애썼다.

혼내는 건 쉽다.
그러나 '때에 맞는 조언'은 어렵다.

그가 선수 시절 품었던 열정에 못 미치는 선수를 봤을 때,
그는 고민해야 했다.
혼내는 게 유익하다면 혼냈지만,
그게 유익하지 않다면 참으려 '애썼다'.

그렇다고 그가 순한 양이었다는 건 아니다.
똑같은 실수를 반복하면 엄격하게 화를 냈다.

'실수는 할 수 있다,
그러나 반복된다면 문제가 있다'

이것이 그의 철학이었다.

"김현준 코치님은 상황에 맞게 알려주시는 편이었어요. 농구를 쉽게 쉽게 할 수 있는 방법이 있다면, 그런 방법을 가르쳐주시기도 했죠. 가령, 슛을 쏘는 게 낫다면 굳이 무리해서 드라이브 인을 하지 말라고 얘기해주시기도 했고. 상황에 맞게 설명해주셨어요. 그런데 돌아보니, 저한테는 그 유명한 '뱅크 슛'을 추천해주시지 않았어요. 정말 돌아보니 그러네요. 그것도 이유가 있으셨을 거예요."

_주희정 코치

코치 김현준의 슛 감(感)

김현준 코치의 슛 감(感)은 현역 선수들도 못 따라갈 정도였다. 선수들끼리 연습 시간에 '올림픽'이라는 이름으로 슛 대결을 하면, 그 누구도 김현준 코치를 이길 수가 없었다고 한다. 당시 김현준 코치가 하프 라인에서 슛을 던지면 3개 중 하나는 들어갈 정도였다고 한다.

만만치 않은 길이었다.

갑자기 주어졌던 '감독 대행'의 시간들.
그가 가진 특유의 자신감으로도 버거웠다.

프로농구 감독을 경험했던 모든 농구인들은 말한다.
"감독은 정말 힘든 직업이다"라고…

대부분, 감독이 되고 나서야 깨닫는다.
선수 시절이 가장 마음 편했던 때라는 사실을.

김현준도 그러했다.
자기 뜻대로 되지 않는다는 걸 깊게 경험해야 했다.

"프로농구 감독이라는 게 힘든 직업이에요. 사실 만족의 기준이라는 게 없거든요. 1등을 해도 그렇고… 좋은 경험을 했다는 말? 그런 말 같은 건 안 통해요. 구단 입장에서는 좋은 경험을 쌓으라고 연봉 주는 게 아니잖아요. 결과로 책임을 져야 하는 자리여서 힘든 거죠."

_**문경은** 감독

김현준의 부재는,
슬픔이다.

동시에, 아쉬움이다.

그와 관계 맺었던
선후배 및 동료들, 그리고
그를 가르친 선생들은 이야기한다.

"아마 좋은 감독이 됐을 것"이라고.

"저는 그렇게 봐요. 현준이 형은 지도자로도 성공할 수 있는 분이었다고… 지도자로서 연수 갔다 와서 감독도 하고 그렇게 꽃을 피우다 은퇴했으면… 참 좋았을 텐데 말이죠. 현준이 형 인생의 마지막 부분, 사고로 인해 끝까지 가지 못한 거에 대해서… 그게 후배로서 아쉬워요. 형이 살아계셨으면 형이랑 함께했을 것 같기도 하구요. 하지만 제가 형이랑 같이 가고 안 가는 게 중요한 게 아니라… 어쨌거나 형이 거기까지 해봤다면 참 좋았을…"

_강을준 감독

오랜 시간 실업선수 시절을 함께한 김현준과 김진.
두 선수는 1994-1995시즌 농구대잔치를 마치고
정든 농구코트를 떠났다.

미국의 농구명문 UCLA로 유학을 떠나
코치수업을 받던 시절의 김현준.

갑작스럽게 프로농구 1997-1998시즌
삼성썬더스 감독대행을 맡았던 김현준.
그에게 가장 힘겨웠던 시간이기도 하다.

삼성썬더스에서 감독대행을 맡았던 김현준과 코치 전창진.

전자슈터 김현준,

영원한 농구인 김현준…

〈전자슈터 김현준〉을 집필하며 만나 이야기 나눈 모든 농구인들에게 감사함을 전하고 싶다. 그들은 작가인 나를 환대해주며 최선을 다해 질문에 답해주었다. 정말, 모든 농구인들이 그러했다. 또한 김현준을 여전히 가족처럼 생각하며 그리워하고 있는 삼성썬더스 구단의 한결같았던 협조에 감사의 마음을 전한다. 아마도 이 모든 건 '좋은 삶을 살아간' 김현준 선수가 남기고 간 열매였을 거다. 그 열매를 내가 따먹는 행운을 누린 셈이다. 동시에, 미처 만나지 못한 농구인들에겐 죄송함을 전하고 싶다. 김현준과 오랜 세월 함께했지만, 미처 만나지 못한 농구인들이 있다. 그러나 그들의 존재까지도 늘 염두에 두고 〈전자슈터 김현준〉을 집필했다고 (감히) 말씀드리고 싶다.

나의 첫 책인 〈굿플레이어〉 때부터 시작하여 〈MVP유두열〉을 거쳐 〈전자슈터 김현준〉에 이르기까지, 출판을 기획하고 작가와 같은 열정으로 함께 호흡해준 사하라북스 나요한 대표에게 특별한 감사를 전하고 싶다. 탁월한 기획자인 그는 매번 내가 보지 못하는 지점을 짚어주며 출판이 전진할 수 있도록 힘을 실어주었다. 내겐 최고의 디자이너인 이정민 디자이너에게도 감사를 전하고 싶다. '따뜻한 스포츠 에세이'를 표방하는 내게 있어 그의 디자인은 늘 책에 '세련된 따뜻함'을 불어넣어 주는 통로다. 책 곳곳에 들어가는 사진을 찍어준 윤지훈 작가는 매번 촬영현장에서 불같은 열정으로 좋은 사진들을 남겨주었다. 그에게도 감사의 마음을 전하고 싶다.

김현준 선수의 가족에게도 깊은 감사의 마음을 전하고 싶다. 〈전자슈터 김현준〉의 집필에 동의한 시점부터 그들 모두 적극적으로 집필에 힘을 실어주었다. 특히 김현준 선수의 장녀 김세희 양은 집필이 시작되는 시점부터 마치는 시점까지 작가의 든든한 동반자가 되어 주었다. 프롤로그에서도 밝혔지만, 〈전자슈터 김현준〉이 김현준 선수의 가족에게 '값진 위로', '좋은 선물'이 되길 간절히 바란다.

내게 있는 몇 안 되는 장점 중 하나를 고르자면 '누군가를 기어코 따뜻하게 바라보려고 하는 시선'이다. 그 시선을 내게 선물해준 어머니와 아버지에게 감사의 마음을 전하고 싶다.

또한 〈전자슈터 김현준〉을 집필해가는 모든 과정을 공감해주고 이해해준 아내에게 최고의 감사를 전한다. 이 책이 아내와 두 딸 윤슬, 선율이에게도 좋은 책으로 기억되었으면 좋겠다.

〈전자슈터 김현준〉은 특정 출판사가 넘치는 자본을 바탕으로 제작한 책이 아닙니다. '김현준'이란 농구인을 그리워하고 또 '그가 오랜 기간 기억되길 원하는' 팬들과 농구인들의 도움으로 제작되었습니다. 지금은 많이 친숙해진 '크라우드 펀딩'이라는 방식을 통해 〈전자슈터 김현준〉의 제작을 진행할 수 있었습니다.

저는 이러한 출판의 방식이 '김현준'이란 훌륭한 농구인을 기억하는 좋은 방식이라고 생각했습니다. 누군가의 수익을 위해서 김현준의 인생이 짜깁기되는 것이 아니라, 그를 진정으로 사랑했고 사랑하는 사람들의 도움으로 제작되는 방식이어야 그의 인생이 제대로 전달될 수 있다고 믿었습니다.

저의 지난 두 권의 저서 〈굿플레이어〉(부제: 내가 사랑한 선수들)와 〈MVP 유두열〉 역시 마찬가지였습니다. 감사하게도, 그 때 마음을 모아주셨던 분들 중 대다수가 이번에도 마음을 모아주셨습니다. 진심으로 감사드립니다.

Crowd Funding

펀딩명단

곽승규	기형도	김대현	김동현	김용보	김 혁
박순경	박혜리	서유경	서유진	성준환	손희영
신미선	심정구	오요한	오진우	윤병희	윤성진
윤형금	이봉돈	이선화	이우성	이종경	이준희
이한나	임성배	장명희	장영호	조아라	지한솔
최한원	한유진	허유빈	허정훈		

JAY   아림&예림-엄마   Helena   Jack   helenT

단비   LSY   찌짐바탕

- '다음 스토리 펀딩'을 통하여 펀딩에 참여해주신 분들 중,
  '실명 확인'이 어려운 분들은 기입하신 '닉네임'을 그대로 실었습니다.

전자슈터 김현준

초판 1쇄 발행   2018년 10월 2일

지 은 이	소재웅	**사 진**	윤지훈
인터뷰어	소재웅, 나요한	**교정교열**	사하라북스 편집팀
출판기획	나요한	**인쇄기획**	일리디자인
북디자인	DECLAY 이정민		

펴 낸 곳	SAHARA BOOKS
주 소	서울 광진구 광장로 78 광성빌딩 202호
전 화	02_453_7068
홈페이지	www.thesahara.co.kr

이 도서의 국립중앙도서관 출판예정도서목록(CIP)은 서지정보유통지원시스템
홈페이지(http://seoji.nl.go.kr)와 국가자료공동목록시스템(http://www.nl.go.kr/kolisnet)에서
이용하실 수 있습니다. (CIP제어번호 : CIP2018029282)

ISBN   979-11-963732-1-4 03810
책값은 뒤표지에 있습니다.